# SUR L'HISTOIRE

DE

# L'USUCAPION

PAR

## A. ESMEIN

PROFESSEUR AGRÉGÉ A LA FACULTÉ DE DROIT DE PARIS

PARIS

## L. LAROSE ET FORCEL

Libraires-Editeurs

22, RUE SOUFFLOT, 22

**1885**

Pièce
8° F
1019

# SUR L'HISTOIRE

## DE

# L'USUCAPION

IMPRIMERIE
CONTANT-LAGUERRE

BAR LE-DUC

# SUR L'HISTOIRE

## DE

# L'USUCAPION

PAR

## A. ESMEIN

PROFESSEUR AGRÉGÉ A LA FACULTÉ DE DROIT DE PARIS

BIBLIOTHÈQUE NATIONALE R.F. IMPRIMÉS

---

## PARIS

# L. LAROSE ET FORCEL

Libraires-Editeurs

22, RUE SOUFFLOT, 22

—

**1885**

# SUR L'HISTOIRE

DE

# L'USUCAPION

L'usucapion, par son double élément du juste titre et de la bonne foi, présente une des théories les plus délicates du droit romain ; et cependant c'est une institution des plus anciennes, car la loi des XII Tables en la réglementant la suppose préexistante. N'y a-t-il pas là une contradiction logique ? Il est peu vraisemblable qu'à une époque aussi reculée on ait admis des notions aussi subtiles, et l'on est tenté de croire que l'usucapion primitive était beaucoup plus simple et plus grossière que celle de l'époque classique. La contradiction disparaît si l'on admet avec quelques auteurs qu'à l'origine l'usucapion n'exigeait ni le titre, ni la bonne foi et s'accomplissait par la seule possession prolongée pendant un certain temps. Cette théorie, produite d'abord en Allemagne par M. Stintzing (1), a été adoptée par MM. Pernice (2), Krüger (3) et Voigt (4) ; M. Sumner-Maine paraît aussi la professer, quoiqu'il ait négligé de préciser sa pensée sur ce point (5). Elle n'a pas été, que je sache, produite en

(1) *Das Wesen Von bona fides und Titulus in der römischen Usucapionslehre.* Heidelberg, 1852.

(2) *Marcus Antistius Labeo, das römische Privatrecht im ersten Iahrhunderte der Kaiserzeit*, tome II, p. 152 ssq.

(3) Puchta : *Institutionem*, 8ᵉ édition avec des notes de Krüger, 1875, t. II, p. 208, § 229, note *ii*.

(4) *Die XII Tafeln*, 1883, tome II, § 91, p. 232 ssq.

(5) *Ancient law*, 4ᵉ édit., p. 284, 285 : « In historical times usucapion was only allowed to operate when possession commenced in a particular way ; but I think likely that at a less advanced epoch possession was converted into ownership under conditions even less severe than we read of in our authorities. »

France (1). Je voudrais, à mon tour, l'exposer telle que je la conçois et rechercher en même temps comment se serait établie la théo rie du droit classique.

## § I.

### L'USUS D'UN OU DE DEUX ANS.

#### I.

Supposer que la théorie primitive de l'usucapion négligeait la *justa causa* et la *bona fides*, c'est faire une hypothèse qui, loin de répugner à l'esprit du droit ancien, est, au contraire, en parfait accord avec lui. Le droit antique évite par instinct la recherche des intentions ; il ignore la pensée individuelle dans les actes juridiques lorsqu'elle ne s'est pas affirmée dans une forme précise et connue d'avance. Ce serait une grave exception à cette loi générale, si l'on avait au début scruté la pensée, la croyance du possesseur lors de la prise de possession.

D'un autre côté, parmi les *justæ causæ usucapiendi* du droit classique, les plus importantes, comme la vente consensuelle, la convention de paiement, sont de simples conventions qu'ignorait systématiquement l'ancien droit. Alors qu'il ne leur reconnaissait aucun effet dans les rapports des parties contractantes, ne serait-il pas étrange qu'il leur eût fait produire cet effet extérieur, de conduire à l'usucapion ? A l'époque où *l'exceptio rei venditæ et traditæ* n'était pas née encore, et où le propriétaire d'une *res mancipi* pouvait revendiquer le lendemain la chose qu'il avait vendue et livrée la veille, comment eût-on attaché à la vente un effet important lorsqu'elle émanait d'un non propriétaire ?

Il est vrai qu'on a pu faire sur l'origine de l'usucapion deux hypothèses, qui l'une et l'autre impliqueraient dès le début la notion d'un titre au moins apparent. Il faut en dire un mot avant d'aller plus loin.

Selon une première idée, le but originaire de l'usucapion aurait été de valider après coup les aliénations fautives dans la forme, quoique émanant du véritable propriétaire, par

(1) J'y ai seulement fait allusion dans mon étude sur *la manus, la paternité et le divorce* (*Revue générale du droit*, 1883, p. 10).

exemple la mancipation imparfaite ou la simple tradition d'une *res mancipi* (1) : plus tard seulement on l'aurait étendue au cas d'une aliénation consentie par un *non dominus*. Mais cette opinion ne peut guère s'appuyer que sur une observation dont la portée a été exagérée. On a remarqué que Gaius dans son Commentaire deuxième parle en première ligne de l'u-sucapion qui suit et consolide la tradition d'une *res mancipi* (II, 41) ; ce n'est que subsidiairement (II, 43) qu'il nous la montre validant l'aliénation de la chose d'autrui. Mais il est aisé de voir que si Gaius procède ainsi c'est uniquement parce qu'il rattache incidemment l'exposé de l'usucapion à la division de la propriété romaine en domaine quiritaire et *in bonis habere*. Cette méthode, d'ailleurs assez défectueuse, explique bien l'ordre des idées ; l'auteur n'a songé en aucune façon à retracer un développement historique (2). L'argument tombe donc, et en elle-même l'hypothèse reste peu vraisem-blable. Ne serait-il pas étrange de se figurer le droit ancien tendant tout d'abord à corriger les excès de son formalisme et à guérir les blessures qu'il a faites?

Dans un autre sens on fait observer que traditionnellement le droit romain a établi un rapport étroit et constant entre l'usucapion et la vente (3). Le rapprochement est déjà fait dans les XII Tables (4). Le titre *pro emptore* est le premier en ordre ; c'est lui qui est indiqué dans la formule de l'action pu-blicienne ; c'est sans doute le type dont on est parti et auquel les autres se sont ajoutés par assimilation. N'est-il pas na-turel de croire que cette union remonte jusqu'à la naissance même de l'usucapion? L'effet direct ou tout au moins la conséquence naturelle de la vente a toujours été et sera tou-jours de rendre l'acheteur propriétaire : l'usucapion aura été

---

(1) Voyez cette idée très-nettement exprimée par M. Pernice, qui d'ailleurs la réfute. *Labeo*, II, p. 153. — Cf. Schrader : *ad Instituta*, p. 247; Sumner-Maine, *Ancient law*, p. 287.

(2) Pernice : *op. et loc. cit.*

(3) Bechmann : *Der Kauf*, I, p. 107.

(4) Cicéron : *Top.*, 4 : « Usus, auctoritas fundi biennium est; » — *Pro Cæ-cina*, 19 : « Lex usum et auctoritatem fundi jubet esse biennium. » Comme le montre clairement ce dernier passage, les mots *usus* et *auctoritas* doivent être pris disjonctivement ; l'un désigne l'usucapion, l'autre l'obligation de garantie. Voy. en ce sens, Voigt : *Die XII Tafeln*, § 88, ntos 1 et 2.

introduite pour remettre après coup les choses dans leur état normal, lorsque cet effet n'avait pu se produire immédiatement, le vendeur n'ayant pas la propriété de la chose, et que cependant le véritable propriétaire négligeait de se plaindre et de faire valoir ses droits. Dès l'origine l'usucapion aurait été inséparable du titre, sinon de la bonne foi.

Sans doute cette idée peut paraître séduisante; mais remarquons d'abord que la loi des XII Tables rapproche de l'usucapion non la vente consensuelle, que sans doute elle ne connaissait pas, mais bien de la mancipation : *L'auctoritas* qu'elle mesure a la même durée que *l'usus*, c'est l'obligation de garantie qui naît de la mancipation (1). Il faudrait donc au moins modifier la théorie. L'ancien droit aurait fait de l'usucapion une dépendance, pour ainsi dire, de la mancipation : celle-là aurait validé après coup les *mancipationes* régulières en la forme mais émanées d'un non propriétaire (2). On l'aurait sans doute aussi rattachée à *l'in jure cessio* opérée dans les mêmes conditions, mais il serait peu vraisemblable, qu'on eût dès le début admis sur la liste des *justæ causæ usucapiendi* là vente consensuelle et les autres conventions.

Que le droit romain ait connu les titres *pro mancipato* (3) et *pro in jure cessio* (4), cela est possible, quoique non prouvé : mais il ne s'ensuit pas que de tout temps et dès l'origine il les ait pris en considération dans la théorie de l'usucapion. Remarquons bien que les dispositions des XII Tables n'établissent point entre la mancipation et l'usucapion une re-

(1) Voyez la remarquable étude de notre collègue M. Girard : *Sur la formation du système de la garantie d'éviction en droit romain*, p. 12 ssq.

(2) Un vers bien connu d'Horace, si l'on donnait aux mots leur valeur technique, exprimerait cette idée : *Ep.* II, 2, v. 158 :

    « Si proprium est quod quis libra mercatus et ære est,

    « Quædam (si credis consultis) mancipat usus. »

(3) Dans cè sens, Ubbelohde : *Ueber die usucapio pro mancipato*. Marburg, 1873. — *Contrà*, Huschke : *Das Recht der Publ. Klage*, p. 51, note 95 ; Accarias : *Précis*, I, p. 563, note 3.

(4) Peut-être y en aurait-il une trace dans un texte du Digeste, qui, alors aurait été gravement interpolé. L. 33, § 3, D. xli, 3 : « Si mihi Titius a quo fundum petere volebam, *possessione cesserit*, usucapionis justam causam habebo. Sed et is, a quo ex stipulatu fundum petere volebam, *cedendo mihi possessione, si solvendi causa id fecerit*, eo ipso efficiet ut fundum longo tempore capiam ».

lation de cause à effet qui ferait de la première la condition
même de la seconde : la vieille loi tire simplement de *l'usus*
accompli une conséquence qui rejaillit sur la mancipation. Du
moment que *l'accipiens*, ayant usucapé, est devenu propriétaire, il n'y a plus lieu à l'obligation de garantie qui pesait
sur le *mancipans* en cas d'éviction. La loi des XII Tables met
seulement cette conséquence en relief en limitant à une durée
égale la vie de l'obligation de garantie et le délai de l'usucapion. Enfin cette hypothèse sur l'origine de l'usucapion
abonde en difficultés : elle restreint singulièrement son domaine primitif, car elle laisse de côté la simple tradition d'une
*res mancipi* par le propriétaire et la tradition par un *non dominus* des *res nec mancipi*.

Cependant un fait remarquable subsiste, c'est l'importance
particulière du titre *pro emptore;* mais il est aisé de l'expliquer. Sans doute, lorsque la coutume créa l'usucapion, elle
ne procéda point par un raisonnement précis et conscient :
elle fut guidée par le respect instinctif qu'éprouve toute
société primitive pour le fait même de la possession durable :
néanmoins, l'institution n'aurait pas pu vivre si l'on n'y avait
vu avant tout une protection pour les acquéreurs sérieux et
de bonne foi. Il fallait qu'au bout d'un certain temps ils fus-
sent certains d'être devenus propriétaires, et les jurisconsultes romains ne se sont point trompés lorsqu'ils ont vu là
la raison d'être de l'usucapion (1). Mais dans les temps anciens, sous une procédure grossière, l'usucapion ne pouvait
procurer une sécurité complète aux acquéreurs honnêtes qu'à
la condition de ne permettre aucune recherche sur la forme
de leur acquisition et sur l'esprit dans lequel ils l'avaient faite.
Sans doute, par là même elle profitera parfois à la mauvaise
foi, mais c'est la conséquence forcée de la protection com-
mode et sûre dont jouira le plus souvent la bonne foi : c'est
ainsi que la protection possessoire créée dans l'intérêt du propriétaire, profite parfois à d'autres personnes ou même peut
tourner contre lui. D'ailleurs, dans une société restreinte de
petits propriétaires laborieux et vigilants, telle que la Rome

(1) L. 5 D. xli, 10; L. 1. D. xli, 3; Cicéron, *Pro Cæcina*, 26 : « Fundus
a patre relinqui potest, at usucapio fundi, hoc est finis et sollicitudinis ac
periculi litium, non a patre relinquitur sed a legibus. »

antique, lorsqu'une ou deux années s'étaient écoulées sans qu'aucune action eût été dirigée contre celui qui possédait une chose à titre de propriétaire, une présomption presque invincible devait s'élever en faveur du possesseur.

L'usucapion brutale et grossière que nous imaginons, qui peut s'accomplir sans juste titre et sans bonne foi, et qui peut commencer par une prise de possession unilatérale, ne fait point tache dans le milieu du très ancien droit : il s'agit maintenant d'en démontrer l'existence.

## II.

La théorie première a laissé des traces dans le langage et dans les institutions.

On sait que, respectueux du passé, les jurisconsultes classiques nous ont plus d'une fois conservé des formules anciennes qu'ils répétaient après les générations précédentes, bien qu'elles ne répondissent plus au droit contemporain. C'est une de ces maximes qui a éclairé d'une vive lumière l'histoire de la dot (1); ce sont de semblables adages qui ont permis de reconstituer les anciennes sociétés universelles (2); c'est une vieille définition qui permet de croire à l'indissolubilité primitive du mariage chez les Romains (3). Une observation semblable peut être faite en notre matière.

Nous avons une définition de l'usucapion qui doit être assez ancienne, puisqu'elle nous est donnée en termes identiques par Ulpien et Modestin (4); c'était certainement une monnaie

---

(1) Voyez Paul Gide : *Du caractère de la dot en droit romain.*

(2) Voyez la belle étude de notre cher et regretté collègue Ch. Poisnel : *Recherches sur les sociétés universelles chez les Romains,* dans la *Nouvelle revue historique de droit français et étranger,* t. III, 1879, p. 431 ssq; 531 ssq.

(3) Voyez mon étude sur *la manus, la paternité et le divorce dans l'ancien droit romain (Revue générale du droit,* 1883).

(4) Ulp. : xix, 3 : « Usucapio est autem dominii adeptio per continuationem possessionis anni vel biennii. » — Modestin : L. 3 D. xli, 3 : « Usucapio est adjectio dominii per continuationem possessionis temporis lege definiti. » — La variante *adeptio* et *adjectio* n'a aucune importance. Dans le texte du Digeste (Modestin) on a substitué aux anciens délais de un et de deux ans une indication vague pour mettre la définition en harmonie avec le droit de Justinien.

courante. Or, cette définition néglige les deux éléments, essentiels dans le droit classique, du juste titre et de bonne foi ; elle ne donne comme conditions de l'usucapion que le laps de temps et la possession continue. Ne faut-il pas en conclure qu'à l'époque où fut arrêtée cette formule il ne fallait rien de plus pour usucaper (1)? Il semble bien d'autre part que la loi des XII Tables ne précisait qu'un des éléments de l'usucapion, c'est-à-dire le délai (2).

Ce n'est pas seulement dans les termes qu'on trouve des vestiges de l'ancienne théorie : elle est restée en vigueur dans le droit classique par un certain nombre d'applications, qui se comprennent mal, si l'on veut les justifier isolément au lieu de les rattacher à une règle commune.

C'est d'abord l'*usucapio pro herede*. Celle-là, chacun le sait, s'accomplit sans juste titre et sans bonne foi ; elle a pour point de départ non pas une *traditio* mais une prise de possession par l'*usucapiens*. Sans doute, à l'époque de Gaius on en signale le caractère anormal ; on lui donne les épithètes de *lucrativa*, d'*improba*, on cherche à l'expliquer par des motifs particuliers, empruntés au régime des successions (3). Mais les mêmes traits se retrouvent dans d'autres applications de l'usucapion, qu'on justifiera par de tout autres motifs. Il en est ainsi pour les trois cas d'*usureceptio* signalés par Gaius (4) : là aussi il y a absence complète de titre et de bonne foi ; la possession n'a point été acquise par tradition, l'ancien propriétaire a simplement gardé la chose en main ou même parfois l'a reprise de son autorité privée (5).

L'*usus* qui fait acquérir la *manus* au mari est rattaché fort

---

(1) Ce qui renforce cet argument, c'est qu'à une certaine époque on sentit le besoin de corriger la définition. Voici en effet, comment Isidore de Séville la reproduit. *Orig.* V, 25, 30 : « Usucapio est adeptio dominii per continuationem *justæ* possessionis vel biennii vel alicujus temporis. » Cf. *Inst.*, I, 6, pr.

(2) Gaius, II, 42. Peut-être cette disposition qui fixait les délais d'un an et de deux ans eut-elle pour but de rendre plus longue la prescription des immeubles. Il n'est pas impossible que la coutume primitive eût connu un délai uniforme d'une année pour l'usucapion de tous les objets : cela serait d'accord avec la coutume germanique.

(3) Gaius, II, 55.

(4) Gaius, II, 59-61.

(5) Cela pouvait se concevoir sans qu'il y eût *furtum*. V. Stintzing, *op. cit.*

nettement à la théorie de l'usucapion (1) ; et là, je l'ai montré
ailleurs, il ne pouvait être au début question du juste titre (2),
et l'idée même de bonne foi était inapplicable, comme elle
l'est dans l'usucapion d'une *res mancipi* livrée par le *dominus*.

Dans les textes du Digeste nous trouvons un autre exemple
de cette usucapion brutale : c'est l'*usucapio libertatis* dirigée
contre les *servitutes prædiorum urbanorum*. Qu'il s'agisse là
d'une usucapion véritable et non d'une simple extinction par
le non usage, c'est ce qu'atteste le langage concordant des
jurisconsultes (3) ; et cela résulte d'une manière plus nette
encore de ce qu'il ne suffit pas que pendant deux ans le fonds
servant ait été mis dans un état qui empêche l'exercice de la
servitude ; il faut de plus que l'*usucapiens* en ait eu la possession, que cette possession n'ait point été interrompue (4),
qu'elle ne soit point entachée de précarité (5). Il est bien
certain que le juste titre et la bonne foi ne sont pas exigés
ici (6).

Il me paraît presque certain que l'usucapion des servitudes
prédiales supprimée par la loi Scribonia (7), suivait les mêmes
règles : il en existe, à mon sens, une preuve presque directe.
Cette usucapion abrogée a son pendant dans la *præscriptio
longi temporis* appliquée aux servitudes par le préteur. Or, il
paraît bien que celle-ci n'exigeait ni le juste titre (8) ni la
bonne foi (9). S'il en est ainsi, on peut supposer qu'il n'y eut

(1) Gaius, i, 111.

(2) Voyez mon étude sur *la manus, la paternité et le divorce*, dans la *Revue
générale du droit*, 1883, p. 10.

(3) LL. 6, 7, 32, pr. § 1. D. viii, 2 ; L. 17. D. viii, 4 ; L. 18, § 2. D. viii,
6 ; L. 4, § 29. D. xli, 3.

(4) L. 32, § 1. D. viii, 2.

(5) L. 17. D. viii, 4.

(6) Voyez Elvers : *Die römische Servitutenlehre*, p. 776 ssq. — Cf. De-
mangeat : *Cours élémentaire de droit romain*, 2ᵉ édit., tome I, p. 552.

(7) L. 4, § 29. D. xli, 3.

(8) Elvers : *Servitutenlehre*, p. 740. Accarias : *Précis de droit romain*, t. I,
3ᵉ édit., p. 649 : « La *justa causa* n'est donc pas nécessaire, et cela revient
à dire que les servitudes, à la différence de la propriété, peuvent être ac-
quises *longo tempore*, non-seulement par celui qui a traité avec le *non dominus*, mais encore par celui qui n'a traité avec personne. »

(9) Elvers : *op. cit.*, p. 741 ssq. Cependant en sens contraire : Accarias,
*Précis*, tom. I, 3ᵉ édit., p. 649. Mais les Romains paraissent avoir regardé
comme inséparables les deux éléments de la *justa causa* et de la *bona fides*.

pas là de la part du préteur une création complètement originale : comment eût-il donné à la nouvelle *præscriptio* des règles si exorbitantes du droit commun? Il est probable qu'il a copié un vieux type non encore oublié, qui satisfaisait mieux aux besoins de la pratique que les combinaisons plus savantes d'une théorie arrivée à son complet développement (1). Peut-être l'usucapion supprimée par la loi Scribonia tendait-elle à se maintenir comme un usage local, que le préteur reconnut en le sanctionnant.

Voilà bien des cas d'usucapion qui s'appliquent à des objets divers et à des situations dissemblables, qui se justifient par des motifs différents; tous cependant présentent un trait commun : ils se passent de la *justa causa* et de la *bona fides*. Je ne vois qu'une explication possible de cet accord qui ne saurait être fortuit; il faut admettre que ce trait marquait l'usucapion primitive dans toutes ses applications; en faisant place à une règle nouvelle le vieux principe s'est maintenu sur certains points, qui lui offraient un terrain favorable, et dans certaines applications, presque sorties de la pratique usuelle et qu'on jugea par suite inutile de modifier.


## III.


Quelque facile, quelque large qu'elle fût, cette usucapion de forme antique n'était point cependant toujours ouverte à celui qui avait possédé une chose *animo domini* pendant une ou deux années. On l'avait exclue dans un certain nombre de cas où elle aurait été manifestement injuste. Ces prohibitions subsistèrent lorsque la théorie eut changé; mais quelques-unes perdirent alors beaucoup de leur importance, ou encore leur portée changea, si bien qu'on ne leur trouve un sens pleinement satisfaisant qu'en les rapprochant de la théorie première, dont elles sont par là même une nouvelle démonstration.

La loi des XII Tables écartait l'usucapion dans certaines

(1) La *quasi præscriptio* des servitudes dut s'établir à une époque assez avancée, où la théorie de l'usucapion avait reçu ses traits définitifs : en effet, elle suppose la *quasi possessio* et cette dernière n'était pas encore admise par Labéon, L. 20. D. viii, 1.

hypothèses. La plus importante et la plus célèbre de ces
exclusions est celle qui prohibe l'usucapion des choses volées (1). Nous n'avons pas le texte même de la loi et il est
difficile de dire quels en étaient les termes. Il est certain
qu'une interprétation fort ancienne vit là un vice inhérent à
l'objet volé, qui le soustrayait à l'usucapion entre les mains
non-seulement du voleur mais de tout possesseur et, à ce
point de vue, le mettait hors du commerce. Dans le droit
classique, la prohibition n'est utile que contre le tiers qui a
acquis avec *justa causa* et *bona fides* la *res furtiva*; selon
Gaius, c'est celui-là seulement qu'avaient visé les décemvirs,
les principes généraux suffisant pour exclure le voleur (2).
Mais, comme l'a remarqué M. Stintzing (3), pour que Gaius
ait jugé cette observation nécessaire, il fallait qu'on pût s'y
tromper à ne consulter que le vieux texte. Il est permis de
croire que Gaius, dans son explication, commet un anachro-
nisme, que cette disposition visait à l'origine principalement,
sinon exclusivement, le voleur en personne, et qu'elle n'eût
point été édictée si, pour écarter celui-ci, les principes généraux avaient suffi. Est-il vraisemblable, en effet, que le législateur des XII Tables ait organisé de parti pris cette protection
à outrance de la propriété mobilière, protection beaucoup plus
complète et plus énergique que celle qu'assure notre droit
moderne? Alors qu'il faisait en général l'usucapion si facile
et si brève, alors qu'il ne prenait aucune précaution spéciale
pour assurer contre l'usucapion possible la revendication des
objets perdus (4), il aurait édicté un texte uniquement pour

(1) Gaius, II, 45; Inst., II, 6, 2.

(2) Gaius, II, 49 : « Quod ergo vulgo dicitur furtivarum rerum et vi pos-
sessarum usucapionem per legem XII Tabularum prohibitam esse, non eo
pertinet ut ne ipse fur quive per vim possidet, usucapere possit (nam huic
alia ratione usucapio non competit, quia scilicet mala fide possidet); sed nec
ullus alius, quanquam ab eo hona fide emerit, usucapiendi jus habet. »

(3) *Das Wesen von bona fides und titulus*, p. 10.

(4) Celui qui, même de mauvaise foi, prenait possession d'un objet perdu
ne fut point d'abord et pendant longtemps considéré comme voleur. En effet,
selon une règle rapportée par Scœvola, il ne peut y avoir vol par rapport à
une chose qui est sans possesseur; L. 1, § 15. D. xlvii, 4 : « Scœvola ait
furtum fieri possessionis; denique si nullus sit possessor, furtum negat fieri. »
Voy. Albert Desjardins : *Traité du vol,* p. 73. Et il n'est pas douteux que les
choses complètement perdues soient sans possesseur. Voy. L. 3, § 13 (*Nerva*

rendre indéfiniment efficace, malgré toutes les mutations, la revendication des objets volés.

Avec notre hypothèse, au contraire, tout s'explique aisément. A une époque où l'usucapion suivait en principe toute prise de possession, même entachée de mauvaise foi, il était tout naturel qu'on en interdît cependant le bénéfice au voleur. C'est ce que fit la loi des XII Tables, c'est le voleur qu'elle visa en prohibant l'usucapion des choses volées (1). Mais elle avait parlé en termes généraux et objectivement : il en résulta qu'on déclara incapables d'usucaper non-seulement le voleur mais avec lui tous les possesseurs successifs de la *res furtiva* (2). Ainsi entendue la prohibition conserva son utilité alors même que la théorie eut changé et que la bonne foi et le titre furent exigés chez l'*usucapiens*; elle fut confirmée, retouchée, complétée par une loi Atinia (3), et cette combi-

---

*filius)*, D. xli, 2; L. 25 pr. (Pomponius) D. xli, 2; L. 44 (Pomponius), D. xli, 1. Plus tard, il est vrai, on admit que celui qui s'appropriait de mauvaise foi une chose perdue commettait un vol, mais même au temps d'Ulpien cette doctrine n'était point incontestée. Voy. L. 44. D. xli, 2; L. 43. §§ 4, ssq. D. xlvii, 2; L. 3 pr. D. xlvii, 9; Cf. L. 21, § 1. D. xli, 2.

(1) On comprend bien qu'on ait cherché à étendre cette limitation utile à l'usucapion des immeubles : c'est ce qu'avaient voulu sans doute les anciens qui appliquaient aux immeubles la notion du *furtum*. Voy. Gaius, II, 51; Inst., II, 6, 7; L. 38. D. xli, 3; Aulu-Gelle, *N. A.* xi, 18, 13.

(2) Selon M. Pernice (*Labeo,* II, p. 155), ce résultat aurait été voulu par le législateur des XII Tables lui-même; bien qu'ayant principalement le voleur en vue, il aurait à dessein prohibé objectivement et absolument l'usucapion des choses volées. Il aurait eu pour but d'atteindre du même coup, outre l'auteur du vol, les récéleurs et acquéreurs de mauvaise foi auxquels l'objet serait transmis; et il aurait trouvé plus facile et plus sûr de rechercher la qualité de la chose que l'intention des possesseurs.

(3) C'est un problème fort difficile que de déterminer le rapport véritable entre la disposition des XII Tables et la loi Atinia. Pourquoi une même prohibition ainsi répétée? Selon M. Albert Desjardins ( *Traité du vol,* p. 230): « Il est permis de croire que la notion du vol ayant pris une grande extension depuis la loi des XII Tables, on éprouvait quelque hésitation à faire dans les cas nouveaux, l'application de la règle relative à l'usucapion, et que la loi nouvelle vint non rétablir un principe tombé en désuétude, mais déterminer le caractère général d'un principe resté en vigueur. » M. Stintzing ( *op. cit.,* p. 10) admet simplement une répétition. Pour M. Voigt (Die XII Tafeln, II, pp. 207, 240) la loi Atinia aurait retouché sur deux points les anciennes règles. 1° Le texte des XII Tables étant absolu, sans restrictions, un objet une fois volé restait indéfiniment soustrait à l'usucapion quand même

naison, qui mettait une chose hors du commerce en ce qui concerne l'usucapion, fut même appliquée à d'autres situations (1).

La loi des XII Tables contenait une autre disposition importante que Gaius nous rapporte en ces termes : « Olim mulieris quæ in agnatorum tutela erat res mancipi usucapi non poterant præter quam si ab ipsa tutore auctore traditæ essent id que lege XII Tabularum cautum erat (2). » En restreignant ici l'application de l'usucapion, le législateur n'a point eu en vue de protéger la femme en tutelle contre les usurpations des tiers; on sait que la tutelle des femmes n'est point établie dans leur intérêt, et d'ailleurs aucune mesure semblable ne fut prise en faveur du pupille. Ce sont les tuteurs représentant la famille, qu'on a voulu défendre contre les actes de la femme elle-même. Celle-ci ne pouvait point aliéner une *res mancipi* sans l'autorisation de son tuteur; mais, elle aurait pu en remettre la possession à un tiers et celui-ci aurait usucapé : c'est cette combinaison que déjoue le texte des XII Tables. Mais il suppose par là même une législation dans laquelle l'usucapion procède sans *justa causa*. En effet, la mancipation ou l'obligation, que la femme aurait consentie *sine tutore* au profit du tiers avant de lui remettre la possession, étant nulle, ce tiers n'aurait eu aucun titre, et par là même il n'aurait pu usucaper, sans qu'il fût besoin d'une prohibition

le propriétaire aurait eu l'occasion, la possibilité de le reprendre. C'était là une exagération, et la loi Atinia aurait décidé que le vice serait purgé lorsque la chose serait revenue *in potestatem domini* (L. 4, § 6. D. xli, 3); on doit avouer d'ailleurs (Pernice : *Labeo*, II, 157) que le correctif était assez singulier. 2° M. Voigt suppose que, après avoir fixé dans un texte déjà cité une durée égale pour l'usucapion et pour l'*auctoritas*, la loi des XII Tables s'était contentée d'exclure l'usucapion en cas de vol sans prolonger dans cette hypothèse la durée de l'*auctoritas* : il résultait de là que l'acquéreur par mancipation d'une *res furtiva* se voyait privé de son recours en garantie alors que cependant il ne lui avait point été possible d'usucaper. La loi Atinia serait venue rétablir l'harmonie rompue. Cela cadre bien avec le texte de cette loi conservé par Aulu-Gelle, *N. A.*, xvii, 7, 4 : « Quod subreptum erit ejus rei æterna auctoritas esto. »

(1) Les *res vi possessæ*, les choses que se faisaient donner les gouverneurs des provinces. L. 8 pr., § 1. D. xlviii, 11. Voy. Huschke : *Das Recht der Publicianischen Klage*, p. 79 ssq.

(2) Gaius, II, 47.

spéciale dans une législation qui n'aurait pas admis l'usucapion sans *justa causa*.

Enfin la loi des XII Tables défendait d'usucaper le *forum*, ou vestibule du tombeau (1), ainsi qu'une bande de terre large de cinq pieds, prise de part et d'autre par moitié sur les fonds contigus (2). Ne s'agit-il pas là d'écarter les usurpations que commettent sans titre les voisins l'un contre l'autre (3)?

IV.

Ce n'est pas seulement la loi qui limita de divers côtés le champ d'application de l'usucapion primitive : la jurisprudence s'appliqua aussi à le restreindre. Elle y réussira pleinement lorsqu'elle fera admettre la nécessité de la *justa causa* et de la *bona fides*, mais même avant ce temps elle obtint un premier résultat en créant la théorie des *causæ possessionis* dont la trace se retrouve au Digeste, bien qu'elle ait perdu dans la suite beaucoup de son importance.

On entendait par *causa possessionis* non point un acte juridique antérieur à la prise de possession à laquelle il sert de fondement (cela c'est la *justa causa*), mais la nature même de cette prise de possession, *origo nanciscendæ possessionis*,

---

(1) Cic. : *de Leg.*, II, 24, 61 : « Quod autem forum id est vestibulum sepulcri bustum ve usucapi vetat, tuetur jus sepulcrorum. Hæc habemus in XII, sane secundum naturam quæ norma legis est. » Il n'est pas très aisé de dire au juste quel était le second objet soustrait à l'usucapion sous le nom de *bustum*. Voy. Paul Diacre. V° *Bustum*. Servius *in Æn*. XI, 201.

(2) Cic. : *de Leg.*, I, 21, 55 : « Controversia nata de finibus, in qua usucapionem XII Tabulæ intra quinque pedes esse noluerunt. »

(3) Rudorff parlant des *quinque pedes*, remarque que la plupart du temps l'une des conditions de l'usucapion aurait fait défaut dans ce cas, le titre ou la bonne foi : et par là s'expliquerait en partie la prohibition des XII Tables. Mais comment aurait-on édicté une prohibition superflue dans la plupart des cas ? Voy. Rudorff : *Gromatische Institutionen (Die Schriften der römischen Feldmesser*, II, p. 438) : « Die ausschliessung der Usucapio *intra quinque pedes* hat vielmehr folgende Grunde. In den meisten Fällen fehl ein Erforderniss der Usucapion, entweder : 1° der Titel und die Ueberzeugung die mit dem Apflügen unvereinbar sind, oder, 2° der possessio. Denn in dem *Usus itineris ad culturas* oder in dem *circumaotus aratri* läge höchstens der quasi-Besitz einer intermittirende Wegesentitut, nicht der Sachbesitz, besonders when der Saum unbestellt liegen bleibt. »

comme le dit très clairement Ulpien (1). La jurisprudence admit que si celle-ci avait été clandestine, violente ou précaire (*clam, vi aut precario*), elle serait entachée d'un vice et ne pourrait conduire à l'usucapion (2) dont le domaine par là était bien restreint.

Cette théorie des vices de la possession est assez rarement rappelée par les jurisconsultes à propos de l'usucapion, alors qu'elle joue un grand rôle dans la matière des interdits : la théorie de la *justa causa* et de la bonne foi la masque presque complètement; mais à une époque où les deux éléments n'étaient pas pris en considération, on conçoit toute son importance (3). D'ailleurs les jurisconsultes de l'époque classique, tout en la tenant au second plan en matière d'usucapion, savent encore l'utiliser (4) au besoin : ils y rattachaient traditionnellement la règle d'après laquelle celui qui possède ou détient une chose au nom d'autrui ne saurait usucaper (5) et opposaient alors les expressions : *pro suo possidere, pro alieno possidere*. Elle était complétée par une règle fameuse que les prudents, dont les textes figurent au Digeste, ré-

---

(1) L. 6, pr., D. xli, 2.

(2) Des textes décisifs montrent que tel fut bien le sens et la portée des *causæ possessionis*. Cic., *De lege agrar.*, III, 3, 11 : « Nam attendite quantas concessiones agrorum hic noster objurgator uno verbo facere conetur : *quæ data, donata, concessa, vendita*. Patior : audio. Quid deinde? *possessa*. Hoc tribunus plebis promulgare ausus est ut quod quisque post Marium et Carbonem Consules possideret, id eo jure teneret, quo quod optimo privatum ! *Etiam ne si vi ejecit? Etiam ne si clam, si precario venit in possessionem? Ergo hac lege jus civile, causæ possessionum, prætorum interdicta tolluntur.* » — L. 31, § 4. D. xli, 3 : « Si vi aut clam aut precario possessionem nactus quis postea furere cœperit, et possessio *et causa eadem* durat de hoc quod precario furiosus habet. »

(3) Ceux qui admettent comme nous que la *præscriptio longi temporis* des servitudes s'accomplissait sans titre et sans bonne foi, font remarquer combien par là la théorie des *vitia possessionis* acquiert d'importance en cette matière. Voy. Elvers : *Servitutenlehre*, p. 744 ssq.

(4) L. 31, § 4. D. xli, 3 (toute la loi traite de l'usucapion); L. 40, D. xli, 2; L. 4, pr., D. xli, 10.

(5) L. 13, pr., D. xli, 3 : Pignori rem acceptam usu non capimus, quia pro *alieno possidemus*. » — L. 40, § 3. D. xli, 2 : « Si servum meum bonæ fidei emptori clam abduxerim, respondit non videri me clam possidere, *quia neque precarii rogatione, neque condictione suæ rei dominum teneri, et non posse causam clandestinæ possessionis ab his duabus causis separari.* »

pètent encore tout en y reconnaissant un legs des *veteres* (1) ;
je veux parler de la maxime : « *Nemo sibi causam possessionis
mutare potest.* »

Cette maxime signifie qu'après avoir commencé une possession d'une certaine qualité, le possesseur ne saurait par un
simple acte de sa volonté en changer le caractère (2) ; elle
veut dire encore que celui qui a la possession ou la détention
d'une chose *alieno nomine* ne peut par un simple changement
d'intention commencer à posséder *pro suo* (3).

On peut affirmer que c'est principalement en vue de l'usucapion, et pour l'empêcher, que fut formulée cette règle (4) ;
mais là cependant, d'après la théorie classique, elle est inutile, puisque la bonne foi ou le juste titre manqueraient toujours à ceux contre qui elle est dirigée. Aussi le vrai sens de
l'adage a-t-il été révélé par la première fois lorsque Savigny
en a fait l'application à l'*usucapio improba pro herede* (5).
Mais telle qu'elle nous est présentée, la vieille formule a un

(1) L. 3, § 19. D. xli, 2 ; L. 19, §1, *ibid.*

(2) L. 19, § 1. D. xli, 2 (Marcellus) : « Quod scriptum est apud veteres
neminem sibi causam possessionis posse mutare, credibile est de eo cogitatum
qui et corpore et animo possessioni incumbens hoc solum statuit, ut alia
ex causa id possideret, non si quis dimissa possessione prima, ejusdem rei
denuo ex alia causa possessionem nancisci velit. »

(3) L. 2, § 1. D. *pro herede,* xli, 5.

(4) Dans la matière des interdits, elle a peu d'applications utiles et même
n'est pas toujours respectée. Si elle empêche que la possession commencée
*vi, clam* ou *precario* ne puisse changer de caractère par le fait seul du possesseur, cela a de l'importance quant aux interdits *uti possidetis* et *utrubi,*
mais non quant aux interdits *unde vi* et *de precario* : ceux-ci en effet ont leur
fondement dans le fait originaire de l'expulsion violente, et dans la *rogatio*
du précariste. D'autre part, elle n'empêche point que le détenteur ne puisse
par son propre fait acquérir sur la chose qu'il détient la *possessio ad interdicta.* S'agit-il d'un meuble, le locataire, commodataire, dépositaire, peut
décider qu'il possédera désormais pour lui-même, et aussitôt le locateur,
commodant, déposant perd la possession. L. 47. D. xli, 3 ; cf. L. 20 *ibid.,*
les jurisconsultes paraissent avoir seulement hésité quant à l'acte suffisant
pour traduire ce changement d'intention. Voyez L. 67. D. xlvii, 2 ; Randa :
*der Besitz,* 3º édit., p. 513, note 10. Pour les immeubles, les textes admettent aussi que le détenteur pourra *intervertere possessionem;* mais cette in-
terversion ne produira effet que lorsque celui pour qui il possédait en
aura eu connaissance et aura vainement réclamé la restitution de sa chose.
L. 12, L. 18. D. xliii, 16.

(5) Savigny : *Possession,* traduction Staedtler, p. 61, ssq.

caractère évident de généralité : rien ne peut faire supposer qu'elle ait été inventée pour ce cas spécial. Elle devait viser non-seulement les cas *d'usureceptio* auxquels elle s'applique avec les restrictions conformes à ces situations exceptionnelles, mais encore l'usucapion en général. Cela ressort des textes qui en discutent le sens, sans la restreindre à une hypothèse isolée, et qui ne lui trouvant plus d'application utile dans sa portée générale, croient devoir écarter les conséquences fausses qu'on pourrait être tenté d'en tirer (1). Mais si, au début, la règle avait une utilité générale, il en ressort qu'au début l'usucapion s'accomplissait dans tous les cas sans juste titre et sans bonne foi.

## V.

La théorie de l'usucapion et celle de la publicienne ne sont pas les seules qui, dans le droit classique, exigent la bonne foi et le juste titre comme soutien nécessaire et complément vivifiant de la possession : la bonne foi est encore exigée pour que le possesseur de la chose d'autrui en acquière les

---

(1) L. 33, § 1. D. xli, 3 : « Quod vulgo respondetur ipsum sibi causam possessionis mutare non posse, totiens verum est, quotiens quis sciret se bona fide non possidere et lucri faciendi causa inciperet possidere ; idque per hæc probari posse. Si quis emerit fundum sciens ab eo, cujus non erat, possidebit pro possessore : sed si eumdem a domino emerit, incipiet pro emptore possidere, nec videbitur sibi ipse causam possessionis mutasse. Idem que juris erit etiam si a non domino emerit, cum existimaret eum dominum esse. Idem hic si a domino heres institutus fuerit vel bonorum ejus possessionem acceperit, incipiet fundum pro herede possidere. Hoc amplius si justam causam habuerit existimandi se heredem vel bonorum possessorem domino extitisse, fundum pro herede possidebit nec causam possessionis sibi mutare videbitur. Cum hoc igitur recipiantur in ejus persona, qui possessionem habet, quanto magis in colono recipienda sunt, qui nec vivo nec mortuo domino ullam possessionem habet? Et certe si colonus mortuo domino emerit fundum ab eo, cui existimabat se heredem ejus vel bonorum possessorem esse, incipiet pro emptore possidere. » — L. 19, § 1. D. xli, 2 : « Quod scriptum est apud veteres neminem sibi causam possessionis posse mutare, *credibile est de eo cogitatum,* qui et corpore et animo possessioni incumbens hoc solum statuit ut alia ex causa id possideret, non si quis dimissa possessione prima ejusdem rei denuo ex alia causa possessionem nancisci velit. »

fruits (1). Entre cette acquisition des fruits et l'usucapion il y a comme une parenté naturelle, et les jurisconsultes se sont toujours plû à les rapprocher l'une de l'autre. Mais si la loi romaine de tout temps exigea la bonne foi chez le possesseur pour qu'il fît les fruits siens, peut-on concevoir qu'elle ne l'ait pas toujours exigée aussi pour qu'il devînt propriétaire de la chose par l'usucapion? Il y aurait là une contradiction manifeste, et par là même l'hypothèse que j'ai développée jusqu'ici serait fort compromise.

Je crois que sur ce point encore le droit ancien différait du droit classique : je crois que, quant à l'acquisition des fruits, il ne distinguait pas entre les possesseurs de bonne foi et les possesseurs de mauvaise foi, ou que s'il établissait entre eux quelque différence (ce qui me paraît douteux) le principe de la distinction n'était point puisé dans la bonne ou la mauvaise foi considérée en elle-même.

Il est probable que le droit ancien ne s'était pas attaché à déterminer principalement et directement quel était le propriétaire des fruits perçus par un possesseur de la chose d'autrui : cette question était assez peu pratique, car ces fruits étaient destinés à être consommés. La loi avait seulement déterminé dans quelle mesure et dans quels cas le propriétaire aurait une voie de droit pour se faire rendre par le possesseur les fruits perçus ou la valeur de ces fruits. Or, si l'on considère la revendication, telle qu'elle fut organisée sous le système des actions de la loi, on peut voir qu'elle n'assurait jamais au propriétaire que la restitution des fruits perçus depuis la *litis contestatio*, sans distinguer si le possesseur était de bonne ou de mauvaise foi.

Examinons en effet l'action *sacramenti in rem*, et supposons d'abord que le revendiquant qui triomphe avait reçu du préteur les *vindiciæ*, la possession intérimaire. Lorsque son *sacramentum* aura été déclaré *justum*, il ne pourra retirer

(1) Il ne semble pas qu'en cette matière les jurisconsultes aient exigé un juste titre aussi sévèrement qu'en matière d'usucapion. L'élément essentiel et véritablement opérant c'était la bonne foi; sans doute un titre putatif était toujours suffisant; le titre n'était exigé que dans la mesure où sans lui la bonne foi n'aurait pu se comprendre. Voyez cependant Accarias : *Précis*, I³, p. 596, note 3.

qu'un seul avantage de sa victoire judiciaire : il restera en
possession à titre définitif; lui et ses *prædes* seront déchargés
de l'obligation, qu'ils avaient éventuellement contractée, de
restituer la chose avec les fruits perçus pendant l'instance.
Mais par quelle voie le revendiquant demanderait-il compte à
son adversaire des fruits que celui-ci a pu percevoir avant la
*litis contestatio?* nous n'en voyons aucune. Un seul texte parle
d'une action tendant à la restitution des fruits ou de leur
valeur; c'est un fragment de la loi des XII Tables que nous a
transmis un passage mutilé de Festus (1), et justement il
suppose expressément l'hypothèse inverse de celle que nous
examinons, c'est-à-dire le cas où la possession intérimaire a
été attribuée non au plaideur qui triomphe, mais à celui qui
succombe : « *Si vindictam falsam tulit.* »

Plaçons-nous maintenant dans cette dernière hypothèse :
elle devait être fréquente, car sans doute le plus souvent le
préteur donnait les *vindiciæ* à celui qui déjà était en possession. C'est le plaideur dont le *sacramentum* est déclaré *in-
justum* qui avait reçu la possession intérimaire. Grâce à cette
circonstance, qui au premier abord ne lui paraît point favorable, le revendiquant pourra-t-il obtenir une restitution de
fruits que, dans l'hypothèse précédente, il ne pouvait poursuivre? Cela serait bien étrange, et sans doute cela n'était
pas. Les auteurs sont fort divisés quand il s'agit de déterminer comment le revendiquant pouvait poursuivre l'exécution, en vertu du *judicatum* rendu en sa faveur. Devait-il se
mettre en possession de son autorité privée et par ses propres
forces, ou obtenait-il à cet effet l'assistance de l'autorité et de
la force publiques? L'exécution *in ipsam rem* était-elle inconnue, et alors le gagnant devait-il faire transformer son droit
de propriété en un droit pécuniaire au moyen d'un *arbitrium
liti æstimandæ*, puis agir contre son adversaire par la *manus
injectio*, ou bien la seule voie de contrainte qui lui fût ouverte était-elle une action contre les *præedes litis et vindiciarum?* Toutes ces solutions ont leurs partisans. Mais au milieu de ces obscurités et de ces doutes, un point paraît

_______

(1) Vº *Vindiciæ* (édit. Müller) : In XII : « Si vindiciam falsam tulit, si velit
is..... tor arbitros tres dato, eorum arbitrio... fructus duplione decidito. »

certain, c’est que l’obligation des *prædes* avait pour mesure
les restitutions dont pouvait être tenu le possesseur évincé.
L’objet de ces restitutions est double : d’une part c’est la *lis*,
l’objet principal sur lequel porte le procès; d’un autre côté ce
sont les *vindiciæ*, c’est-à-dire les fruits. Mais les seuls fruits
qui soient compris dans ce mot *vindiciæ*, sont ceux qui ont
été perçus pendant l’instance, pendant la possession intérimaire : c’est d’ailleurs ces fruits intérimaires seulement que
l’on prend en considération dans la procédure des interdits,
qui offre des analogies frappantes avec l’*action sacramenti in
rem* (1). Ici encore la revendication néglige les fruits perçus
*ante litis contestationem.*

Il est vrai, que nous possédons un texte qui paraît ajouter
un détail important sur la restitution des fruits dans cette
hypothèse : c’est le passage mutilé de Festus que j’ai cité
plus haut. Quelles que soient les lacunes qu’il présente, on
peut tenir pour certain qu’il y est question d’une condamnation au double prononcée contre le possesseur qui succombe
à raison des fruits qu’il a perçus pendant sa possession intérimaire. Et l’on pourrait voir là une de ces solutions arbi-
traires mais simples, si chères à l’ancien droit. Si la loi,
pourrait-on dire, afin d’éviter toute complication ne demandait
compte dans aucun cas, des fruits perçus avant la *litis contestatio*, par contre, et par une sorte de compensation, elle
condamnait le possesseur qui succombait à restituer au double
les fruits perçus pendant l’instance. C’était là un traitement
analogue à celui que subira plus tard le possesseur de mauvaise foi : seulement, fidèle à son génie, la vieille loi frappe
non pas le dol mais l’insuccès; le plaideur malheureux est
nécessairement pour elle un plaideur coupable.

Mais cette explication est à mes yeux absolument fausse.
Si cette condamnation au double avait pour but d’indemniser
le revendiquant de ce qu’on ne lui accorde rien à raison des
fruits perçus avant la *litis contestatio*, elle aurait pour pendant
une condamnation au simple au profit du revendiquant, dans

(1) Gaius IV, 167 : « Qui fructus licitatione vicit, si non probat ad se per-
tinere possessionem..... possessionem restituere jubetur ; et hoc amplius fructus, *quos interea percepit*, reddit. » — La *licitatio fructuum* dans la procédure des interdits est le pendant de l’attribution des *vindiciæ.*

le cas où c'est lui qui a obtenu les *vindiciæ* : celui-ci, tout en gardant alors les fruits perçus pendant sa possession intérimaire devrait en outre pouvoir faire condamner son adversaire à lui en payer la valeur. Or il n'y a pas trace d'un droit semblable.

S'il était prouvé que cette condamnation au double était toujours prononcée contre le possesseur qui succombait, je l'expliquerais plutôt autrement : elle serait une peine prononcée contre lui à raison de ce que, par sa résistance et par l'obtention des *vindiciæ*, il a injustement privé son adversaire de la possession durant l'instance; c'est le rôle que joue dans la procédure des interdits le prix de la *licitatio fructuum* (1). Mais M. Lenel me paraît avoir démontré que cette condamnation intervenait seulement dans le cas où le possesseur vaincu s'était mis dans l'impossibilité de restituer les fruits intérimaires, soit parce qu'il ne les avait plus, soit parce qu'il avait négligé de les percevoir; elle n'était que le succédané d'une restitution en nature devenue impossible par sa faute (2).

Ainsi de quelque côté que nous nous tournions, la même solution se présente à nous. On a remarqué bien souvent que dans la revendication du droit classique, le possesseur de bonne foi et le possesseur de mauvaise foi sont comptables des fruits dans la même mesure et suivant les mêmes règles à partir de la *litis contestatio* : l'ancien droit pour la période antérieure maintenait aussi l'égalité entre eux, mais en sens inverse, ni l'un ni l'autre ne rendaient compte au revendiquant des fruits perçus avant la *litis contestatio.* Ainsi le voulait d'ailleurs la nature même de la revendication selon les anciens principes : le plus souvent, ces fruits antérieurement perçus auront été consommés, n'existeront plus en nature lors de la *litis contestatio;* en comprendre la valeur

_______

(1) Gaius IV, 167 : « Summa enim fructus licitationis non pretium est fructuum sed pœnæ nomine solvitur, quod quis alienam possessionem per hoc tempus retinere et facultatem fruendi nancisci conatus est. »

(2) Lenel : *Das Edictum perpetuum,* p. 411. Pour le droit classique cette portée de la condamnation au double est démontrée par les textes suivants : Paul, *Sent.,* I, 13b, 8; v, 9, 1; L. 12. D., ii, 8; L. 9, § 6. D. x, 4. — Cf. Accarias, *Précis,* nº 807, tom. II², p. 980.

dans la revendication, ce serait introduire dans l'action réelle
une question d'obligation ; ce serait contraire à cette ancienne
simplicité des actes juridiques que M. d'Ihering a si bien mise
en lumière (1).

Lorsque, à côté de l'action *sacramenti in rem*, s'introduisit
la revendication *per sponsionem*, rien ne fut changé à cet état
de choses ; et la *cautio pro præde litis et vindiciarum*, ainsi
que son nom l'indique, se modela exactement sur l'obligation
des *prædes*, telle qu'elle avait été déterminée jusque-là. Mais
lorsqu'on eut imaginé la *formula petitoria*, le juge dans cette
nouvelle revendication, grâce au pouvoir que lui conférait la
clause arbitraire, et en vertu de son *officium* élargi, put sans
doute statuer sur certaines obligations, accessoires et complément de la restitution principale. C'est ainsi qu'il fut amené
à statuer sur les fruits perçus avant la *litiscontestatio* et qu'il
put contraindre le possesseur de mauvaise foi à les restituer (2). Mais si la revendication arriva ainsi à comprendre
cette restitution, il avait fallu d'abord que celle-ci s'établît
indépendamment.

On peut affirmer, je crois, que ce fut d'abord par une *condictio* que le propriétaire réclama au possesseur de mauvaise
foi les fruits perçus avant la *litis contestatio* : cela me paraît
résulter d'un certain nombre de textes (3). Mais quelle était

(1) Aussi M. d'Ihering arrive-t-il sur cette question des fruits dans la revendication à la même conclusion que nous. *Esprit du droit romain*, trad. de
Meulenaere, tome IV, p. 28 : « C'est d'après moi un principe nouveau, que
la *reivindicatio* pouvait aussi porter sur les fruits perçus dans le passé. »
P. 183 : « Le droit nouveau, il est vrai, a complètement altéré le caractère
primitif de la *reivindicatio*. La revendication moderne est pleine de côtés
obligatoires. On peut même dire qu'elle n'est plus qu'une action personnelle
passivement déterminée par la possession. »

(2) J'adopte l'opinion dominante en France, d'après laquelle, dans le droit
de l'époque classique, le possesseur de bonne foi n'aurait jamais eu à restituer les fruits perçus avant la *litis contestatio*, même *exstantes*. Voyez Accarias : *Précis*, I², n° 250.

(3) L. 55, *in fine*, D. xii, 6 : « Dici solet prædoni fructus posse condici. »
— L. 15, D. xxii, 1 : « Respondi neque eorum fructuum, qui post litem
contestatam officio judicis restituendi sunt usuras præstari, *neque eorum qui
prius percepti quasi malæ fidei possessori condicuntur.* » — L. 78 (*Labeo*). D.
vi, 1 : « Si ejus fundi quem alienum possideres fructum non coegisti, nihil
ejus fundi fructuum nomine te *dare oportet.* » — L. 4, § 2. D. x, 1 : « Ante
judicium percepti (fructus) non omnimodo hoc in judicium venient : aut enim

cette *condictio?* On songe naturellement à la *condictio furtiva* :
la jurisprudence aurait considéré comme un *furtum* le fait
de percevoir *invito domino* les fruits de la chose d'autrui, ce
qui aurait permis au propriétaire d'intenter contre le possesseur de mauvaise foi non-seulement la *condictio*, mais encore
l'action *furti*. M. d'Ihering admet qu'il en fut ainsi, même
dans les temps antiques (1), et si l'on souscrivait à son opinion, on serait amené à constater que pour l'acquisition des
fruits comme pour la possession, c'était anciennement la
notion du *furtum* qui contenait dans de justes limites les
privilèges attachés à la possession; il en résulterait aussi
qu'anciennement le propriétaire aurait eu, en dehors de la
revendication, une action fort avantageuse contre le possesseur de mauvaise foi à raison des fruits perçus avant la *litiscontestatio.* Mais cette opinion ne me paraît pas devoir être
admise. La notion du *furtum* fut à l'origine non pas très large,
comme le suppose M. d'Ihering, mais au contraire fort
étroite (2) : lorsqu'on ne regardait point comme un vol le fait
de prendre de mauvaise foi possession d'un immeuble appar-
tenant à autrui, il n'est pas probable qu'on vit un *furtum* dans
les perceptions de fruits qui n'étaient que la conséquence
naturelle, la continuation, pour ainsi dire de cette prise de
possession. On peut remarquer en outre que les textes qui
déclarent qu'on peut *condicere fructus prædoni*, ne parlent
jamais d'une action *furti* pouvant être intentée cumulative-
ment avec la *condictio;* il était pourtant naturel de l'indiquer

bona fide percepit, et lucrari eum oportet, *si eos consumpsit,* aut mala fide
et *condici oportet.* » — Ce dernier texte parle, il est vrai, non de la revendication, mais de l'action *finium regundorum;* mais, sans doute, pour cette
question des fruits, on prenait là, pour modèle, ce qui était admis dans la
revendication. Les mots *si eos consumpsit* me paraissent interpolés.

(1) *Esprit du droit romain*, trad. de Meulenaere, IV, p. 28 : « En présence
d'un possesseur de mauvaise foi, de la part duquel la perception des fruits
comportait un *furtum nec manifestum,* le revendiquant aurait commis une
faute grossière en l'actionnant par l'action principale en paiement du mon-
tant simple, alors qu'il pouvait le faire condamner au double au moyen d'une
action spéciale pour délit, mais l'eût-il même voulu, il n'en avait pas le droit,
vis-à-vis du possesseur de mauvaise foi, ni vis-à-vis du possesseur de bonne
foi. »

(2) Voy. Girard : *Études historiques sur la formation du système de la garantie d'éviction,* p. 38.

si elle eût existé. Enfin nous trouvons, il est vrai, au Digeste
des fragments qui considèrent comme un *furtum* la cueillette
et l'enlèvement furtif des fruits produits par un immeuble;
mais il s'agit de faits principaux et isolés : ce n'est point alors
un possesseur du fonds qui opère la récolte, c'est une personne du dehors qui cueille les fruits et les emporte (1).

Je croirais plutôt que la *condictio* donnée à raison des fruits
perçus *ante litis contestationem* contre le possesseur de mauvaise foi, fut une *condictio sine causa*, fondée sur l'idée d'enrichissement injuste (2) : il avait injustement distrait à son
profit un élément du patrimoine d'autrui. L'introduction de
cette action nous reporterait alors à une époque où la *condictio incerti* était déjà née et où la théorie des *condictiones
sine causa* avait reçu son développement (3).

En ce même temps sans doute la jurisprudence résolut la
question de savoir à qui appartenaient les fruits recueillis par
le possesseur d'une *res aliena* avant la *litis contestatio*. Si le
possesseur était de bonne foi, on l'en déclara propriétaire;
on refusa de ce chef toute action contre lui au *dominus* de
la chose frugifère. C'était maintenir à son profit l'ancien état
de choses et d'autre part on n'aurait pas compris ici une
*condictio sine causa* : il n'y avait pas d'enrichissement injuste; la loi elle-même attribuant la propriété des fruits au
possesseur de bonne foi, elle ne pouvait lui reprendre d'une

(1) L. 25, § 2. D. xlvii, 2 : « Eorum quæ de fundo tolluntur ut puta ar-
borum vel lapidum vel arenæ vel fructuum, quos quis furandi animo decer-
psit, furti agi posse nulla dubitatio est. » Cf. L. 58 (al. 57), *ibid.* — L. 68
(al. 67), § 5. D. xlvii, 2. « Si colonus post lustrum condictionis anno amplius fructus invito domino perceperit, videndum ne messis et vindemiæ furti
cum eo agi possit. Et mihi dubium non videtur quin fur, et si consumpserit
rem subreptam repeti ea abeo possit. » Ce dernier texte paraît moins facile
à expliquer dans notre opinion : mais on remarquera qu'il s'agit là d'un
fermier expulsé à fin de bail, qui revient néanmoins faire la récolte; dans
tous les cas ce fermier n'est pas un possesseur. Cf. L. 14. D. xix, 2.

(2) L. 4, § 1. D. xii, 1 : « Res pignori data, pecunia soluta, condici potest, et fructus *ex injusta causa percepti condicendi sunt*. Nam et si colonus
post lustrum completum fructus perceperit, condici eos constat; ita denum
si non voluntate domini percepti sunt; nam si ex voluntate, procul dubio
cessat condictio. »

(3) Appliquée aux *fructus exstantes*, cette action serait une *condictio possessionis*. L. 25, § 1. D. xlvii, 2.

main ce qu'elle venait de lui donner de l'autre. Quant aux fruits perçus par le possesseur de mauvaise foi, celui-ci ne pouvait invoquer par rapport à eux aucune cause d'acquisition; ils étaient donc restés la propriété du *dominus* de la chose (1). Mais par là même, celui-ci pouvait les comprendre dans sa revendication s'ils étaient *exstantes;* l'on tendit, ce qui était logique, à ne donner la *condictio* contre le possesseur qu'à raison des fruits déjà consommés, les *fructus exstantes* étant revendiqués avec la chose principale (2).

Enfin cette évolution se termina par deux dernières modifications. D'un côté l'on admit que le possesseur de bonne foi lui-même devrait restituer les fruits qu'il n'aurait pas consommés; d'autre part, on reconnut au juge de la revendication le droit de régler et d'ordonner en vertu de son *officium*, non-seulement la restitution des *fructus exstantes*, mais encore celle des *fructus consumpti* ou plutôt de leur valeur (3). Mais je n'ai point à entrer dans l'examen de ces points : je voulais seulement montrer que les différences entre le possesseur de bonne foi et le possesseur de mauvaise, quant à l'acquisition et à la restitution des fruits, n'appartiennent pas au fonds de l'ancien droit. Revenons maintenant à l'usucapion.

(1) Cette théorie sur l'acquisition des fruits ne s'établit point d'ailleurs sans conteste. Elle eut à triompher d'une autre théorie, qui distinguait non point entre les divers possesseurs mais entre les différentes sortes de fruits. Cette seconde théorie attribuait toujours au possesseur, qu'il fût de bonne ou de mauvaise foi, ceux des fruits perçus par lui qui avaient été produits par son travail et par ses soins, et ne lui attribuait jamais que ceux-là; elle a laissé des traces dans certains textes, en particulier dans le passage des Institutes qui attribue les fruits au possesseur de bonne foi, *pro cultura et cura;* un fragment de Pomponius (l. 45, D. xxii, 1) en fait une application très nette, et Paul croit encore utile de l'écarter, l. 48, pr. D. xxii, 1. Dans ce sens : Accarias : *Précis,* tom. I[3], p. 597, note 1.

* (2) L. 22, § 2 (Ulp.), D. xiii, 7. L. 4, C. ix, 32. Fructus autem rerum quas mala fide tenuit suos non facit sed exstantes quidem vindicari, consumtos vero condici posse, procul dubio est. » — L. 3, C. iv, 9 : « Mala fide possidens, de proprietate victus, exstantibus fructibus vindicatione, consumptis vero condictione conventus, eorum restitutioni parere compellitur. »

(3) Inst. iv, 17, 2 (*De officio judicis*).

## § II.

### *La* JUSTA CAUSA *et la* BONA FIDES.

#### I.

Comment en arriva-t-on à exiger dans l'usucapion la *bona fides* et la *justa causa?* Cette exigence nouvelle répondait sans doute à un besoin ; à mesure que le monde romain s'élargissait, il était utile de rendre plus difficile l'usucapion dont le délai était si bref. Mais rien ne nous indique que cela ait fait l'objet d'une réforme législative : il faut donc rechercher comment la jurisprudence accomplit cette transformation.

Pour MM. Stintzing (1) et Voigt (2), la solution de cette difficulté serait aisée. La double condition de la *justa causa* et de la *bona fides* aurait d'abord apparu dans la publicienne et c'est de là qu'elle aurait passé dans l'usucapion : mais cette hypothèse séduisante soulève de graves objections. L'action publicienne repose sur la fiction d'une usucapion accomplie (Gaius IV, 36) ; elle a donc dû refléter l'image de l'usucapion au lieu de lui servir de modèle. On peut dire, il est vrai, que le préteur, en créant cette action pour les possesseurs de bonne foi, en devançant à leur profit l'époque où l'usucapion serait accomplie, a pu exiger des justifications nouvelles que ne requérait point encore la théorie de l'usucapion : puis de l'usucapion feinte la double condition, jugée fort raisonnable, aurait passé dans l'usucapion réelle, et la fiction aurait après coup modelé la réalité à son image. Mais ce n'est là encore qu'une simple supposition ; nous ne trouvons dans les textes aucune indication qui vienne l'appuyer.

Pour moi, la théorie du juste titre et de la bonne foi s'est formée autrement : elle s'est lentement élaborée, et a passé par divers états qui me semblent avoir laissé des traces dans la doctrine définitive (3). Elle eut pour point de départ la théo-

(1) *Op. cit.,* p. 46 ssq.

(2) *Die XII Tafeln,* tom. II, p. 234; *Jus naturale,* Beiläge XXI, p. 493.

(3) Par là s'expliquent les conceptions diverses de la *justa causa* que contiennent les textes et dont M. Voigt a bien montré la divergence. *Die condictiones ob causam,* p. 201 ssq.

rie de la clandestinité : c'est en analysant plus finement les cas dans lesquels le possesseur échapperait à tout reproche de clandestinité, qu'on arriva à exiger de l'*usucapiens* la bonne foi et le juste titre, qui sans doute au début ne se distinguèrent pas nettement l'un de l'autre.

Pour décider si une prise de possession était clandestine, fallait-il seulement et surtout se demander si le propriétaire de la chose l'avait connue, ou avait pu la connaître? Peut-être le jugea-t-on d'abord ainsi, mais c'était là un bien mauvais critérium. Comment accuser d'usurpation clandestine celui qui prenait possession au grand jour, recevant la chose d'une personne qu'il croyait capable d'en disposer? Partant de cette idée, les jurisconsultes romains considérèrent la fraude comme un élément essentiel de la clandestinité, et déclarèrent que jamais une prise de possession ne pourrait être considérée comme clandestine lorsqu'elle se produirait de bonne foi, le possesseur justifiant son entrée par de sérieux motifs (1). Par là même, toute prise de possession qui n'était pas ainsi justifiée devenait suspecte et l'on était ainsi amené à exiger que pour conduire à l'usucapion, la possession s'appuyât sur la bonne foi et sur un titre.

Cela explique parfaitement pourquoi le droit romain exigeait seulement que la bonne foi existât au moment de la prise de possession ; *mala fides superveniens non impedit usucapionem :* C'était au début de la possession qu'il fallait se reporter pour dire si elle était clandestine ou non, et le caractère qu'elle avait alors, ne pouvait changer par la suite (2). Sans doute, c'était là une règle heureuse et qui a passé dans notre droit : elle se justifie donc par des motifs rationnels ; mais il est fort à croire, que le raisonnement seul ne l'a point inventée (3).

(1) L. 6, pr., D. xli, 2 : « Clam possidere eum dicimus qui furtive ingressus est possessionem ignorante eo, quem sibi controversiam facturum suspicabatur et ne faceret timebat... *nec quemquam clam possidere incipere, qui* sciente aut volente eo ad quem ea res pertinet aut *aliqua rationc bonæ fidei possessionem nanciscitur.* » Cf., l. 4, pr., D. xli, 10. — Sur le caractère de la possession clandestine, voyez Randa : *Der Besitz,* p. 216, 217.

(2) L. 6, pr., D. xli, 2 : « Is autem qui, cum possideret non clam, se celavit, in ea causa est ut non videatur clam possidere; non enim ratio obtinendæ possessionis sed origo nanciscendæ exquirenda est. »

(3) On sait que le droit canonique admet la règle contraire.

D'ailleurs, il est à croire que l'introduction de la bonne foi dans la théorie de l'usucapion, comme une condition nécessaire, remonte haut dans le temps (1). La notion du *juste titre* paraît s'être dégagée plus difficilement.

Il semble qu'avant d'exiger la *justa causa*, la jurisprudence se soit contentée pour ouvrir l'*usucapio* d'une autre condition, qui se rapprochait de celle-là, mais qui ne se confondait point avec elle, et qui s'appelait la *justa possessio*. C'est la seule qui soit mentionnée dans cette définition sans doute ancienne que nous a conservée Isidore de Séville : « Usucapio est adeptio dominii per continuationem *justæ possessionis* vel biennii vel alicujus temporis (2).

La *justa possessio* c'est la possession acquise par une tradition régulière, *recte tradita* (3), » par opposition à celle qui s'acquiert par voie d'occupation. En exigeant cette qualité de la *possessio ad usucapiendum* on n'excluait point tout possesseur dépourvu de titre, mais celui-là seulement qui s'était lui-même mis en possession. Cette règle subsistera d'ailleurs dans la théorie définitive. Celui qui peut se faire livrer une chose en vertu d'une *justa causa* ne doit point se mettre en possession de ses propres mains ; s'il le fait, il est en faute malgré son titre, et en principe il ne pourra pas usucaper (4). Mais l'exigence cumulée de la tradition et de la *justa causa* semble faire double emploi, au moins dans bien des

_______

(1) La loi 12, § 8 (D. xLIX, 15), parle du « *jus bonæ fidei emptoris vetustissimum.* » — D'ailleurs, la conception de la bonne foi paraît avoir été d'abord assez large et un peu vague ; on se demandait·sans doute si le possesseur avait *loyalement* acquis la possession. V. l. 8, D. xLI, 4.

(2) *Orig.,* V, 25, 30.

(3) L. 33, D. xLI, 2 : Toute possession acquise par tradition est dite *justa,* même celle qui n'implique pas l'*animus domini,* comme celle du créancier gagiste ou du précariste, l. 13, § 1. D. vII, 2 : « Namque pigneraticiæ et precariæ possessiones justæ sunt. » Cf. l. 7, § 4. D. x, 3.

(4) L. 5 (Paul), D. xLI, 2 : « Si ex stipulatione tibi Stichum debeam et non tradam eum, tu autem nanctus fueris possessionem, *prædo es : æque si* vendidero nec tradidero rem, si non voluntate mea nanctus sis possessionem non pro emptore possides, sed *prædo es.* » — L. 33 (Pomp.), D. xLI, 2 : « Fundi venditor etiamsi mandaverit alicui ut emptorem in vacuam possessionem induceret, priusquam id fieret non recte emptor per se in possessionem veniet. » — Cependant Papinien admet l'usucapion dans un cas analogue, l. 8, D. xLI, 8 : « Si non traditam possessionem ingrediatur sine vitio legatarius legatæ rei usucapio competit. » Mais sans doute cette décision vient de

cas; on est autorisé à croire que la première n'eût pas été imposée comme une condition distincte si le second eût toujours été exigé.

Cette théorie de la *justa possessio* suffisante explique l'usucapion admise au profit de ceux que le préteur envoie en possession de la chose d'autrui pour la tenir *suo nomine* (1). La possession ainsi acquise ne saurait être dite *injusta*, « juste possidet qui prætore auctore possidet; » mais il serait impossible de trouver dans cette hypothèse une *justa causa usucapiendi*, au sens du droit classique (2). Pour des motifs de justice et d'utilité faciles à saisir, ces hypothèses étaient restées sous l'empire d'une ancienne règle : comme l'*usucapio pro herede* et les *usureceptiones* elles n'avaient point été emportées par le mouvement général qui transforma l'usucapion, bien qu'elles l'eussent suivi jusqu'à une étape plus avancée.

## II.

La notion de la *justa possessio* contenait en germe la *justa causa usucapiendi*. Dorénavant pour usucaper il fallait tenir la possession d'autrui, mais il fallait de plus l'avoir reçue *animo domini* et être de bonne foi. Cela supposait nécessairement un rapport de droit antérieur : ou l'*accipiens* croyait être déjà devenu propriétaire, et c'était à ce titre qu'il recevait maintenant la délivrance de la chose, ou bien la tradition représentait elle-même un acte d'aliénation que lui consentait

ce que dans l'espèce, il s'agissait d'un legs *sinendi modo*, lequel, selon certains prudents, obligeait seulement l'héritier à laisser le légataire s'emparer de la chose léguée. Accarias : *Précis*, I ³, p. 555, note 2. Voyez encore ce fragment d'Ulpien (l. 1, § 5. D. xxi, 3) : « Si quis rem emerit, non autem fuerit ei tradita, sed possessionem sine vitio fuerit nactus, habet exceptionem (rei venditæ et traditæ) contra venditorem, nisi forte venditor justam causam habeat cur rem vindicet. » Mais le jurisconsulte, qui accorde ici à l'acheteur l'exception *rei venditæ et traditæ* aurait-il fait courir l'usucapion à son profit. — Sur la question : Pernice : *Labeo*, II, p. 118, ssq.

(1) L. 28, D. ix, 4; l. 5, pr., D. xxxix, 2.

(2) Africain (l. 28, D. ix, 4) dit seulement qu'il y a alors *justa causa possidendi*. Le jurisconsulte remarque aussi que certainement là aussi la *bona fides* fait défaut.

le *tradens* en vertu d'une convention préexistante. Il était impossible d'analyser autrement l'opération.

Cette aliénation ou cette convention antérieure qu'il fallait nécessairement supposer, c'est précisément la *justa causa usucapiendi* du droit classique.

Mais si telle fut la marche des idées, la *justa causa* ne se présenta d'abord que comme un qualificatif de la tradition, comme un soutien de la bonne foi. Par là même la croyance de l'*accipiens* en une *justa causa* purement imaginaire devait suffire à l'origine, et le titre putatif devait conduire à l'usucapion tout aussi bien que le titre réel. Je croirais volontiers que telle fut en effet la doctrine ancienne. Le jurisconsulte Celsus prend soin d'écarter cette idée dans un texte célèbre (1), ce qui s'expliquerait mal si elle n'avait joui d'aucun crédit, et d'autre part elle paraît servir de fondement à une décision de Proculus (2).

Mais cette doctrine, si elle fut quelque temps admise, n'est point celle qui triompha. On s'habitua à voir dans l'usucapion le complément, la consolidation d'une aliénation manquée, mais acceptée de bonne foi : en conséquence, pour qu'elle opérât il fallut et il suffit qu'il fût intervenu au profit de l'*usucapiens* un acte d'aliénation régulier dans la forme et uniquement inefficace parce que la qualité de propriétaire manquait chez

---

(1) L. 27. D. xli, 3 : « Celsus libro trigesimo quarto errare eos ait qui existimarent, cujus rei quisque bona fide adeptus sit possessionem pro suo usucapere eum posse, nihil referre emerit necne, donatum sit necne, si modo emptum vel donatum sibi existimaverit, quia neque pro legato neque pro donato, neque pro dote usucapio valeat, si nulla donatio, nulla dos nullum legatum sit. »

(2) L. 67. D. xxiii, 3. — M. Voigt (*Condictiones ob causam*, p. 204) soutient au contraire que dans la doctrine ancienne le titre putatif n'était jamais suffisant pour usucaper. Il cite un texte qui paraît montrer que telle était déjà l'opinion de Trebatius; c'est la loi 2, § 7. D. xli, 4 : « *Ejus bona emisti* apud quem mancipia deposita essent : Trebatius ait usu te non capturum quia empta non sint. » Mais M. Ubbelohde (*Die Usucapio pro mancipato*, p. 18-n^{te} 23) a très-justement fait observer qu'il s'agit dans ce texte d'un *bonorum emptor*, successeur universel assimilé à l'héritier et qui par suite ne pouvait usucaper les esclaves que le débiteur *decoctus* possédait à titre de dépôt. D'autres textes cités par M. Voigt (l. 1, § 4. D. xli, 9; l. 2, § 6. D. xli, 4) montrent cependant que déjà Cassius et Javolenus repoussaient le titre putatif.

l'aliénateur (1). Cette conception dans laquelle je me suis refusé à voir l'idée première de l'usucapion, me paraît être celle du droit classique; elle seule rend compte de l'importance que prit le juste titre et des règles qui le régissent (2). Il en résulta que tantôt le titre putatif fut jugé suffisant et tantôt insuffisant en principe; cela s'explique si l'on songe que l'acte juridique qui constitue la *justa causa* n'a pas toujours la même nature et que la tradition qui le suit n'a pas toujours la même portée.

Tantôt la *justa causa* consiste dans un contrat qui ne saurait par lui-même transférer la propriété, mais qui implique chez l'une des parties l'obligation de la transférer : alors l'acte d'aliénation nécessaire pour fonder l'usucapion sera distinct de la *justa causa;* il consistera dans la tradition faite en exécution du contrat (3). Mais dans la théorie romaine, malgré l'opinion contraire d'Ulpien, la tradition transfère la propriété dès que les parties ont l'intention, l'une d'acquérir et l'autre d'aliéner, alors même qu'elle repose sur une fausse cause ou sur une cause purement imaginaire. Si l'on arrive à concevoir l'usucapion comme je l'ai dit plus haut, il devait suffire d'un contrat purement imaginaire, auquel croiraient à la fois l'*accipiens* et le *tradens* pour que la tradition faite à titre de paiement mît le premier *in causa usucapiendi*, comme elle aurait suffi pour le rendre propriétaire si l'objet avait réellement appartenu au *tradens*. C'est ce que décident unanimement les textes suivants :

L. 3. D. XLI, 10 (Pomponius) : « Hominem, quem ex stipulatione te mihi debere falso existimabas, tradidisti mihi : si scissem mihi nihil debere, usu eum non capiam : quod si nescio, verius est ut usucapiam, quia ipsa traditio ex causa

_______________

(1) Pour l'aliénation des *res mancipi,* l'usucapion pouvait servir doublement de remède. Le transfert pouvait être fautif ou parce que le *dominus* avait simplement employé la tradition, ou parce que l'aliénateur n'était pas *dominus;* il pouvait même être à la fois infecté de ces deux vices, l'usucapion les effaçait l'un et l'autre.

(2) Voyez cependant : Accarias : *Précis,* I³, p. 555. Notre savant maître reconnaît que cette idée a inspiré un certain nombre de décisions, parmi celles qui nous ont été transmises; mais il nie que les jurisconsultes romains l'aient généralisée.

(3) Ou dans la *mancipatio,* l'*in jure cessio* suivies de tradition.

quam veram esse existimo sufficit ad efficiendum ut id quod mihi traditum est pro meo possideam. Et ita Neratius scripsit, idque verum puto. »

L. 48. D. xli, 3 (Paul) : « Si existimans debere tibi tradam ita demum usucapio sequitur, si et tu putes debitum esse. »

L. 2, pr. D. xli, 4 (Paul) : « Si tamen existimans me debere tibi ignoranti tradam usucapies. »

L. 46. D. xli, 3 (Hermogenien) : « Pro soluto usucapit, qui rem debiti causa recipit ; et non tantum quod debetur, sed et quod libet pro debito solutum hoc titulo usucapi potest. »

Ici on le voit, le titre putatif est reconnu comme suffisant non par exception, en vertu d'une erreur très excusable, mais en principe et dans tous les cas. En réalité, on n'exige pas d'autre titre que la tradition translative de propriété, la *datio* faite *solutionis nomine;* aussi Pomponius dit-il que l'*accipiens* usucape *pro suo.* Paul et Hermogénien déclarent qu'il usucape *pro soluto.*

Mais le juste titre invoqué pouvait consister aussi dans un fait juridique, qui par lui-même était translatif de propriété, la tradition qui le suivait étant simplement ce que nous appelons aujourd'hui une délivrance. Dans ce cas, si l'idée que j'ai produite est vraie, on ne devait point se contenter d'un titre putatif; il fallait un titre réel. Alors en effet l'acte d'aliénation manquerait complètement, si le titre qui le représente n'existait que dans l'imagination des parties ; car la tradition, d'après leur intention même, a été une simple remise de possession, non un transfert de propriété. C'est ainsi que j'entends ce que les jurisconsultes nous disent du titre *pro legato.*

L. 1. D. xli, 8 (Ulpien). « Legatorum nomine is videtur possidere cui legatum est : pro legato enim possessio et usucapio nulli alii, quam cui legatum est competit. »

L. 2, *ibid.* (Paul) : « Si possideam aliquam rem quam putabam mihi legatam cum non esset, pro legato non usucapiam. »

Dans ces textes en effet, il s'agit uniquement, je le crois, du legs de propriété, du *legatum per vindicationem* (1). Ils ne

<hr>

(1) Voyez, Bernhöft : *Der Besitztitel im römischen Recht.*, p. 33.

sauraient s'appliquer au legs de créance, au *legatum per damnationem,* pas plus qu'aucun de ceux qui sont compris dans le titre du Digeste *pro legato* (1). Si le titre invoqué était un *legs per damnationem* et que l'héritier, se croyant obligé *de dare* en vertu d'un tel legs, eût fait tradition de la chose à un *accipiens* de bonne foi, on décidait sans doute que l'usucapion au contraire était possible : il y avait là, comme dans le cas d'une stipulation imaginaire, usucapion *pro soluto* ou *pro suo.* C'est cette dernière hypothèse que me paraît viser Pomponius dans le texte suivant qui par là même ne contredit point les précédents :

L. 4, § 2. D. xli, 10 : « Quod legatum non sit, ab herede tamen perperam traditum sit, placet a legatario usucapi quia *pro suo* possidet (2). »

Le legs *per vindicationem* n'est pas le seul exemple d'une *justa causa* consistant dans un acte translatif de propriété : on peut citer encore, outre l'*adjudicatio* (3), la *datio* faite *donandi causa* et la *dotis datio,* et dans ces hypothèses on devait suivre les mêmes règles quant au titre putatif. Il est vrai que dans le droit de Justinien, les *dationes* s'accomplissant toujours par tradition, la remise de la possession et l'acte d'aliénation se confondent alors; de telle sorte qu'à ce propos on ne saurait guère concevoir un titre purement imaginaire. On peut seulement songer à un titre nul et sans valeur, lorsque, par exemple, la loi prohibe la donation et la déclare non avenue. Mais, dans le droit classique, il en était tout autrement : la *datio* pouvait se faire par *mancipatio* ou par *in jure cessio,* et la tradition qui la suivait, constituant une simple délivrance, ne pouvait représenter l'acte translatif de propriété.

Aussi, lorsque le jurisconsulte Paul déclare formellement que pour pouvoir usucaper une chose *pro donato* il ne suffit point de croire à une donation qui n'a jamais existé, selon

---

(1) Cela me semble bien exprimé dans ce fragment de Javolénus, l. 7, h. t. : « Nemo potest legatorum nomine usucapere nisi is, cum quo testamenti factio est, *quia ea possessio ex jure testamenti proficiscitur.* »

(2) Comparez ce texte avec la loi 3. D. xli, 10, du même Pomponius, où il voit également une usucapion *pro suo.*

(3) L. 17. D. xli, 3 : « Si per errorem de alienis fundis, quasi de communibus, judicio communi dividundo accepto ex adjudicatione possidere cœperim, longo tempore capere possum. »

moi, et pour les motifs déjà développés, il ne peut songer à une donation par voie de *promissio* (1). Il songe sans doute à une donation supposée faite par mancipation. Remarquons, en effet, que lorsque la donation était faite par voie de *datio*, les Romains ne décomposaient point l'acte en deux parties distinctes : d'abord une convention de donner, puis une *datio* qui servait d'exécution à ce pacte. A leurs yeux, c'était alors la *datio* seule qui faisait la donation ; jusqu'à ce que celle-ci fût accomplie, il n'y avait qu'une intention de libéralité, la *donatio* était *non cœpta* (2). D'autre part, lorsqu'il s'agissait d'un *res mancipi*, la *datio donationis causa* était faite généralement par *mancipatio* (3), la tradition de l'objet donné n'étant point toujours concomitante et n'intervenant souvent qu'à une date postérieure. Dès lors, celui qui recevait la possession, croyant à une *datio donationis causa*, qui, en réalité, n'était jamais intervenue, celui-là ne pouvait point usucaper : l'acte translatif de propriété faisait absolument défaut dans cette hypothèse.

Les mêmes observations et les mêmes distinctions doivent être faites sur le titre *pro dote*. Sous ce nom, je crois encore que les jurisconsultes ne visent aucunement la *dotis dictio* ou *dotis promissio*, mais seulement la *datio dotis* (4). De plus, ce

(1) L. 1. D. xli, 6 : « Pro donato is usucapit, cui donationis causa res tradita est; nec sufficit opinari, sed et donatum esse oportet. »

(2) *Vat. frag.*, 266ᵃ : « Professio donationis apud acta facta, cum neque mancipationem neque traditionem subsecutam esse dicas, *destinationem potius liberalitatis quam effectum rei actæ continet.* » — *Ibid.*, 293 : « In donatione rei tributariæ circa exceptam et non exceptam personam legis Cinciæ nulla differentia est, cum et vacuæ possessionis inductione celebrata in utriusque persona perficiatur et, si hanc secutam post hujusmodi placitum non constet, *manifeste nec cœpta videatur.* » — *Ibid.*, 297 : « Cum matrem tuam donationis instrumenta in neptem suam fecisse nec ea tradidisse dicas, in dubium non venit liberalitatem, *quoniam adsignatis instrumentis minime cœpta est, invalidam esse.* »

(3) Les deux formes les plus usitées pour faire une donation étaient la *mancipatio* et la *promissio. Vat. frag.*, 310 : « Perficitur donatio in exceptis personis sola mancipatione vel promissione. » Voyez les *Mancipationes donationis causa* dans Bruns, *Fontes juris romani antiqui;* c'étaient des *mancipationes nummo uno.* Cf. L. 37, C. *De donat.* (viii, 54). « Verba superflua quæ in donationibus poni solebant, scilicet sestertii nummi unius assium quatuor, penitus esse rejicienda censemus. »

(4) Les textes au titre *pro dote* visent explicitement la *dotis datio.* L. 1,

titre a quelque chose de particulier. Le plus souvent, la *datio* faite *dotis causa* sera non pas pure et simple, mais conditionnelle : son effet sera subordonné à la réalisation et à la validité du mariage ; et, comme il y a là une *conditio juris*, elle affectera aussi bien la *datio* faite par mancipation ou *in jure cessio*, que celle accomplie par tradition. Ici donc, pour que l'usucapion soit possible, il faudra non-seulement qu'il y ait eu réellement *datio*, mais aussi qu'il y ait un mariage valable, et c'est, en effet, ce que décident les textes (1). Cependant, il était possible que la *datio*, faite *ante matrimonium*, eût été pleinement ferme et non point conditionnelle, le constituant ayant la volonté de transférer *hic et nunc* la propriété au fiancé, sauf à intenter une *condictio* contre lui si le mariage ne se réalisait pas (2). Dans ce cas, l'acte translatif désiré se rencontrait, et, par suite, le fiancé était dès lors *in causa usucapiendi*; il usucapait *pro suo* sans qu'on eût à se demander si le mariage suivait et s'il était valable (3).

La conception dont nous venons de suivre les diverses manifestations, explique enfin comment les jurisconsultes romains purent voir une *justa causa usucapiendi* dans certaines hypothèses où l'*usucapiens* n'a cependant traité avec personne à raison de la chose qu'il possède : c'est ce qui se présente pour le titre *pro derelicto* et parfois pour le titre *pro suo*.

Lorsqu'une personne abandonne absolument, *derelinquit*, un objet qu'elle possédait, mais dont elle n'était pas propriétaire, celui qui appréhende cet objet de bonne foi et *animo*

§ 1. D. xLI, 9 : « Et nihil refert singulæ res an pariter universæ in dotem *darentur*. » L. 3, *ibid.* : « Duæ filiæ intestato patri heredes exstiterunt et mancipia communia singulæ *in dotem dederunt*. » C'est aussi d'une *dotis datio* que s'occupe le texte unique qui compose le titre du Code *De usucapione pro dote* (vII, 28) : « Res mobiles *in dotem datæ* quamvis alienæ, si sine vitio tamen fuerint, a bona fide accipiente pro dote usucapiuntur. »

(1) L. 1, § 3, 4. D. xLI, 9 : « Ceterum si cesset matrimonium Cassius ait cessare usucapionem, quia et dos nulla sit. Idem scribit et si putavit maritus esse sibi matrimonium cum non esset, usucapere eum non posse, quia nulla dos sit, quæ sententia habet rationem. » — L. 29. D. xLI, 3 : « Quia neque pro legato, neque pro donato, neque pro dote usucapio valeat, si nulla donatio, nulla dos, nullum legatum sit. »

(2) L. 7, § 3 ; l. 8. D. xxIII, 3. Les Romains paraissent même avoir dans le doute interprété dans ce sens l'intention du constituant.

(3) L. 1, § 2. D. xLI, 9.

*domini* peut l'usucaper. Cependant, dans ce cas, où est le juste titre, tel qu'on l'entend généralement? Les jurisconsultes romains ont bien pu voir dans la *derelictio* une *traditio incertæ personæ* faite par le *derelinquens*, quoique cette manière d'expliquer la chose soit quelque peu factice (1) ; mais il est impossible de découvrir une convention antérieure dont cette tradition soit l'exécution. Seulement, si le *derelinquens* avait été propriétaire, il y eût eu acquisition de la propriété au profit du premier occupant : il y aura donc un juste titre pour celui-ci, le titre *pro derelicto*. Ce titre suit les règles que j'ai dégagées, il ne suffira pas qu'il soit putatif; il faudra qu'il y ait eu une *derelictio* dans la réalité et non pas seulement dans l'opinion de celui qui prend possession de la chose (2). C'est pour cela que celui qui trouve un objet perdu ne peut l'usucaper quelle que soit sa bonne foi (3).

Pour que quelqu'un puisse invoquer le titre *pro suo* il suffit qu'il soit intervenu en sa faveur un acte acquisitif de propriété (4), et ce titre par là même résume toute la théorie que je viens d'exposer. Nous avons vu déjà quelques-unes de ses applications utiles, mais en voici une autre des plus curieuses. La personne qui a acquis une chose *a non domino* usucape *pro suo* les produits de cette chose qui ne rentrent pas dans la classe des fruits (5). Dans certains cas, alors que le possesseur ne pourrait pas usucaper la chose principale parce qu'elle est infectée d'un vice qui en rend l'usucapion impossible, il pourra usucaper néanmoins les produits, envisagés comme choses distinctes et nouvelles (6). Mais par là même ceux-ci

(1) Dans l'appréhension qui suit la *derelictio* certains jurisconsultes voyaient une acquisition par occupation. L. 1. D. xli, 7 : « Si res pro derelicto habita sit, statim nostra esse desinit et *occupantis* statim fit, quia isdem modis res desinunt esse nostræ, quibus adquiruntur. »

(2) L. 6. D. xli, 7 : « Nemo potest pro derelicto usucapere qui falso existimaverit rem pro derelicto habitam esse. »

(3) L. 21, § 1. D. xli, 2 : « Quod ex naufragio expulsum est usucapi non potest, *quoniam non est in derelicto sed in deperdito.* » Cf. L. 7, D. xli, 7.

(4) L. 1. pr. D. xli, 10 : « Cum dominium nobis adquiri putamus *et ex ea causa possidemus ex qua adquiritur, et præterea pro suo.* »

(5) L. 2. D. xli, 10 : « Quæ ex rebus alieno nomine possessis nata possidemus, veluti partum hereditariæ aut emptæ ancillæ, pro nostro possidemus. »

(6) Voyez sur l'usucapion des produits d'une *res furtiva* : Beer, *Ueber die*

ne peuvent être considérés comme ayant été compris dans le
marché sur la chose principale et quant à eux il semble que
le possesseur manque de titre. Les jurisconsultes ont raisonné
autrement. Si l'acquisition de la chose principale avait pu
s'opérer, le possesseur serait devenu propriétaire de tout ce
que cette chose aurait produit; cela suffit pour fonder le titre
*pro suo* (1).

Dans cette harmonie logique éclate cependant une note dis-
cordante. Sûrement la vente du droit classique est un simple
contrat; elle est productrice d'obligations et non translative
de propriété : c'est la tradition faite en vertu de la vente qui,
seule, rendra l'acheteur propriétaire. Il devrait résulter de là,
selon la théorie exposée, que la personne qui reçoit tradition
d'une chose, en vertu d'une vente imaginaire à laquelle elle
croit, sera *in causa usucapiendi :* pour usucaper *pro emptore*
le titre putatif devrait toujours suffire. Or, c'est justement le
contraire qui est affirmé par les textes. Cela ne détruit-il pas
tout ce que j'ai avancé plus haut? Non, car les jurisconsultes
eux-mêmes font observer que c'est là une véritable anomalie.
Paul le constate par deux fois dans les termes les plus for-
mels (2); il déclare expressément qu'à ce point de vue la vente

*Ersitzbarkeit von Erzeugnissen gestohlener Sachen nach römischem Recht,* Leip-
zig, 1884.

(1) De tout cela il paraît résulter que les Romains sont arrivés en définitive à voir dans la *justa causa usucapiendi,* ce que nous-mêmes y voyons aujourd'hui, c'est-à-dire un acte translatif de propriété émané d'un *non dominus.*
Seulement la théorie française est beaucoup plus claire et a plus d'unité que
la théorie romaine, parce que dans notre droit les contrats transfèrent par
eux-mêmes la propriété, et que d'autre part les conventions qui manquent
de cause sont radicalement nulles et inopérantes.

(2) L. 48. D. xli, 3 : « Si existimans debere tibi tradam, ita demum usucapio
sequitur, si et tu putes debitum esse. Aliud si putem me ex vendito teneri et ideo
tradam : hic enim nisi emptio præcedat, pro emptore usucapio locum non habet. Diversitatis causa in illo est quod in ceteris causis solutionis tempus inspicitur neque interest, cum stipulor, sciam alienum esse necne; sufficit enim
me putare tuum esse cum solvis : in emptione autem et contractus tempus inspicitur et quo solvitur; nec potest pro emptore usucapere qui non emit, nec
pro soluto sicut in ceteris contractibus. » — L. 2, pr. D. xli, 4 : « Pro emptore
possidet, qui re vera emit, nec sufficit tantum in ea opinione esse eum, ut
putet se pro emptore possidere, sed debet etiam subesse causa emptionis. Si
tamen existimans me debere tibi ignoranti tradam, usucapies. Quare ergo et
si putem me vendidisse et tradam, non capies usu? Scilicet quia in ceteris

n'est point traitée comme les autres contrats. Mais quelle est la raison de ce traitement différent? Paul explique cette règle par une autre particularité du titre *pro emptore*. On sait que lorsque l'usucapion se fonde sur une vente, il ne suffit pas, comme d'ordinaire, que la bonne foi existe chez l'acheteur au moment où il reçoit la tradition; il faut encore qu'elle existe chez lui au moment de la vente. Voilà pourquoi, d'après Paul, le titre putatif ne saurait fonder l'usucapion *pro emptore*. Son raisonnement, qu'il n'indique pas nettement, est sans doute le suivant : du moment que la bonne foi dans ce cas est exigée au moment de la vente, il faut nécessairement qu'il y ait eu vente, et par cela même la croyance en une vente imaginaire ne suffit pas.

Cette explication, très simple en apparence, a le tort de résoudre une difficulté par une autre; car il n'est pas aisé de dire pourquoi la bonne foi de l'acheteur au moment de la tradition n'était pas réputée suffisante d'après la règle générale. Sans doute, il est possible que ces deux particularités du titre *pro emptore* aient entre elles un lien commun; mais comment découvrir laquelle est la première en date, laquelle est le principe et laquelle est la conséquence? Il ne faut donc pas s'étonner que l'interprète, à côté de l'explication de Paul, en cherche une autre plus satisfaisante pour l'esprit.

En repoussant dans l'*usucapio pro emptore* le titre putatif, le droit romain a séparé la vente des autres contrats, et l'a rapprochée des *causæ usucapiendi* qui consistent dans un acte translatif de propriété. Cela peut s'expliquer naturellement par ce fait, que dans les temps anciens la vente s'était toujours montrée sous la forme de la vente au comptant. Soit qu'elle s'opérât par la mancipation soit qu'elle intervînt sans cette formalité, elle était exécutée en même temps que conclue : l'accord définitif des volontés, le transfert de la propriété et le paiement du prix étaient trois faits contemporains. Sans doute, dans la suite cette unité fut rompue, en ce sens que ces trois faits purent s'espacer, mettant un certain inter-

contractibus sufficit traditionis tempus, sic denique si sciens stipuler rem alie-nam, usucapiam, si, cum traditur mihi, existimem illius esse; at in emptione et illud tempus inspicitur quo contrahitur : igitur et bona fide emisse debet, et possessionem bona fide adeptus esse. »

valle entre eux ; mais par la force de l'ancienne habitude ils ne furent point considérés comme des faits isolés ; le lien originaire, quoique plus lâche, les unit encore. Le droit romain ne considère point la tradition faite en vertu de la vente comme un paiement proprement dit : il regarde la vente et la tradition subséquente qui l'exécute, comme un même acte juridique qui se prolonge et se parfait, et dont les éléments sont inséparables l'un de l'autre (1). La tradition faite *ex vendito* puise dans la vente qui la précède, et non dans une volonté nouvelle des parties, l'énergie qui la rend translative de propriété ; s'il n'y a pas eu en réalité de vente précédente, elle perd cette énergie elle cesse d'être un acte translatif de propriété, et ne peut plus être par là même une *justa causa usucapiendi* (2).

Quand on accepte cette explication on est amené à se demander si l'on n'a pas trouvé en même temps pourquoi dans le titre *pro emptore* la bonne foi est requise et au moment de la vente, et au moment de la tradition (3). En effet, lorsque la notion du juste titre se fut précisée dans le sens que j'ai dit, lorsqu'on vit dans l'usucapion la consolidation d'une aliénation reçue de bonne foi mais *a non domino*, il est clair que l'instant où cette aliénation s'était produite devint pour l'usucapion le moment décisif : c'est à ce moment qu'on dut exiger l'existence de la bonne foi. Cela expliquerait comment dans la vente, où l'aliénation s'opérait pour ainsi dire en deux temps, la *bona fides* fut requise à deux moments distincts. Mais il en résulterait aussi que, dans les cas où la *justa causa* se présente comme un acte juridique par lui-même translatif de propriété, c'est au moment où cet acte intervient et peut-être à ce moment seulement que la bonne foi serait nécessaire. Par exemple, dans le titre *pro legato*, il faudrait et il suffirait que la bonne foi existât dans l'instant où le légataire

(1) Cette idée me paraît percer dans un texte de Paul, l. 46. D. xix, 1 : « Si quis rem alienam vendiderit et medio tempore heres domino rei exstiterit cogetur *implere venditionem*. »

(2) Bechmann : *Der Kauf*, I, p. 583, 585 ; Huschke : *Das Recht der Publicianischen Klage*, p. 61, 62.

(3) Je considère ce point comme hors de doute, malgré quelques textes connus, contraires en apparence. Cependant voyez Ubbelohde : *Die Usucapio pro mancipato*, p. 11 ssq.

accepte le legs *per vindicationem*, dans le titre *pro adjudicato* il faudrait et il suffirait qu'elle existât lorsqu'est rendue la sentence d'adjudication. Tout cela est admis, en effet, par certains interprètes (1); mais je doute fort pour ma part que cette logique ait été suivie par les jurisconsultes romains.

La règle générale, fixée à une époque où la théorie définitive de la *justa causa* ne s'était pas encore affirmée, c'est qu'il faut et qu'il suffit pour usucaper que la bonne foi existe au moment de la tradition. Le titre *pro emptore* fait exception à cette règle, qu'il subit aussi en partie; mais c'est la seule exception que signalent les textes et je crois, avec mon savant maître M. Accarias, qu'elle s'explique par un fait tout extérieur et accidentel (2). Ce fut le résultat d'une réaction de la Publicienne sur l'usucapion. L'Édit Publicien, voulant signaler l'acquéreur de bonne foi auquel il ouvrait une action, avait pris pour type l'acheteur en train d'usucaper et il l'avait désigné par ces mots : « *Is qui bona fide emit.* » On en conclut que pour intenter la Publicienne, et par suite pour usucaper, l'acheteur devrait être de bonne foi au moment même de la vente. Mais par cette disposition spéciale de l'Édit était-il soustrait aux principes généraux de l'usucapion qui exigeaient la bonne foi au moment de la tradition? Ce dernier point fut controversé; on finit par le trancher en ce sens que l'acheteur serait soumis à la fois à la règle générale et à la règle spéciale contenue dans l'Édit (3).

Dans les cas où les jurisconsultes excluaient en principe le titre simplement putatif ils l'admettaient cependant exceptionnellement comme pouvant conduire à l'usucapion, lorsque l'erreur de *l'usucapiens* était très excusable (4). Tous sans doute n'étaient point d'accord pour déterminer jusqu'où il fallait étendre cette faveur : c'est là le siège d'une controverse que je n'ai point l'intention d'examiner. Il paraît cependant certain qu'on était plus disposé à se contenter du titre putatif, dans les hypothèses où il était bien intervenu un acte

---

(1) Huschke : *Plublician. Klage,* p. 66. — Cf. Ubbelohde : *Usucapio pro mancipato,* p. 8.
(2) *Précis,* I³, p. 563, note 3.
(3) L. 10, pr., D. xli, 3; L. 7, § 17. D. vi, 2.
(4) L. 11. D. xli, 4; L. 5, § 1. D. xli, 10.

juridique précédant la tradition, mais où cet acte était nul en droit : lorsqu'une vente par exemple avait été consentie par un *furiosus* dont on ignorait l'état (1), ou par un pupille qui paraissait pubère (2), lorsqu'un legs avait été révoqué par un testament dont l'existence était inconnue (3).


### III.


Si l'usucapion s'était peu à peu compliquée de conditions et hérissée de difficultés qu'elle ne connaissait pas à l'origine, cela ne s'explique point seulement par ce fait que les esprits, plus affinés, avaient démêlé dans la suite des notions confuses à l'origine. Ce qui avait sans doute conduit la jurisprudence à cette sévérité, c'était le danger réel que faisaient courir aux propriétaires les délais si courts de l'usucapion. Si dans *l'ager romanus* des temps anciens il suffisait largement de donner au propriétaire un ou deux ans pour intenter sa réclamation contre un tiers possesseur, combien ce temps devenait insuffisant à mesure que les Romains se répandaient par toute l'Italie et bientôt dans le monde entier. Mais ces délais avaient été fixés par la loi des XII Tables, et personne sans doute ne songeait à porter la main sur ce texte vénérable. Il ne restait qu'un remède : plus la durée de l'usucapion était courte, plus il fallait en rendre l'admission difficile et les conditions rigoureuses.

Lorsque la *præscriptio longi temporis* s'établit dans l'édit des gouverneurs de province, tout naturellement on lui assigna des délais plus longs, conformes aux besoins de l'époque qui la voyait apparaître. Mais en même temps, comme elle n'était qu'un succédané de l'usucapion, on lui imposa les mêmes conditions qu'à cette dernière.

Cependant avec le temps on devait revenir, en faveur des possesseurs, à une prescription qui, comme l'usucapion primitive, se passerait du juste titre et même de la bonne foi. Était-ce là un retour en arrière? Non, car cette prescription,

(1) L. 7, § 2. D. vi, 2 ; L. 2, § 16. D. xli, 4.
(2) L. 2, § 15. 4'; D. xli, L. 13, § 2. D. vi, 2.
(3) L. 4. D. xli, 8.

qui ne s'accomplira que par trente ou quarante années de possession, laisse toute sécurité au propriétaire. Nous avons là un phénomène qui se reproduit souvent dans l'histoire. Souvent une institution arrivée à son dernier période reprend, modifiés et amplifiés, les traits qui avaient caractérisé son enfance. La raison d'être de cette nouvelle *præscriptio* peut aisément se découvrir. Le droit romain dans ses derniers jours, céda au même besoin qui avait guidé la coutume primitive; un besoin de simplicité et de sécurité. Ces conditions de l'usucapion et de la *præscriptio longi temporis*, la bonne foi et le juste titre, si équitables cependant, étaient par un autre côté la source de bien des difficultés, le nœud de bien des litiges. Lorsqu'une possession avait vieilli dans les mêmes mains, n'était-il pas nécessaire de mettre le possesseur à l'abri de toutes les poursuites sans qu'il eût d'autre preuve à fournir que cette antique et paisible possession? C'est ce qu'on admit, sans qu'il soit possible de dire au juste comment et à quelle époque s'accomplit cette dernière réforme.

En l'année 349, les empereurs Constance et Constans reconnaissent une prescription de quarante ans en faveur de tout possesseur (1), et il paraît résulter d'un autre texte qu'elle avait été sinon introduite au moins confirmée par leur père Constantin (2).

D'autre part, Symmaque, qui vivait sous Théodose le Grand, connaît la possession de trente ans (3) et Procope rapporte que, sous l'empereur Honorius, la loi romaine admettait la prescription au profit de celui qui avait possédé pendant trente

(1) L. 2, C. th. IV, 13, *De longi temporis præscriptione* : « Annorum XL præscriptio quam vetustatem leges ac jura nuncupare voluerunt, admittenda non est cum actio personalis intenditur. » Il est vrai que Cujas a proposé de lire *XX annorum præscriptio*, ce qui cadrerait bien avec la rubrique du titre, mais il n'y a pas de bonne raison pour faire cette correction. Voy. Gothofred. *ad hanc leg*.

(2) L. 2, C. J. vii, 39 (Valentinianus et Valens) : « Male agitur cum dominis prædiorum, si tanta precario possidentibus prærogativa defertur, ut eos post quadraginta annorum spatia quolibet ratione decursa inquietare non liceat, quum *lex Constantiniana* jubeat ab his possessionis initium non requiri qui sibi potius quam alteri possederunt. »

(3) *Epistolæ*, lib. V. 52 : « Triginta annorum diebus incanuit ætas possionis. » Plus loin (V. 64) parlant de la même affaire il dit : « Ætas propei secularis intemptata possessio est. »

années même sans titre et de mauvaise foi (1). A partir de Théodose le Jeune, cette prescription réglementée, étendue aux actions personnelles, devient une institution bien connue.

Faut-il conclure de ces textes qu'on admit une prescription d'abord quarantenaire, puis seulement trentenaire? Ces prescriptions furent-elles créées par une loi positive, ou, introduites d'abord par la coutume, furent-elles seulement réglementées dans la suite par le législateur? On ne peut former sur ces divers points que de vagues conjectures (2). Mais ce qu'il importe de remarquer c'est que la *præscriptio longissimi temporis* fournissait simplement un moyen de défense aux possesseurs, et sans doute à ceux-là seulement chez qui l'*initium possessionis* n'était entaché d'aucun vice. Plus tard, Justinien décida que, si le possesseur, sans pouvoir alléguer un titre, avait été de bonne foi au début, la possession trentenaire lui fournirait non-seulement une défense, mais encore une action (3); dès lors, l'usucapion fondée sur un juste titre, même avec ses délais nouveaux et prolongés ne représenta plus qu'une sorte de prescription privilégiée; dès lors aussi se trouvaient réunies presque toutes les pièces dont se compose le système de notre droit moderne sur la prescription acquisitive.

---

(1) *De bello vandalico*, I, 3 : « Νόμου δὲ ὄντος Ῥωμαίοις, ἥν τινες οὐχ ὑπὸ ταῖς οἰκείαις χερσὶ τὰ σφέτερα αὐτῶν ἔχοιεν καὶ τρίβοιτο χρόνος εἰς τριάκοντα ἐνιαυτοὺς ἥκων, τούτοις δὲ οὐκέτι εἶναι κυρίοις ἐπί τοὺς βιασαμένους ἰέναι, ἀλλ'ἐς παραγραφὴν αὐτοῖς ἀποκεκρίσθαι τὴν ἐς τό δικαστήριον εἴσοδον, νόμον ἔγραψεν (Ὁνώριος) ὅπως ὁ τῶν Βανδίλων χρόνος, ὅν ἔν γε τῇ Ῥωμαίων ἀρχῇ διατρίβοιεν, ἐς ταύτην δὴ τὴν τριακοντοῦτιν παραγραφὴν ἥκιστα φέροιτο. »

(2) Voyez Unterholzner : *Ausfürhliche Entwickelung der gesammten Verjährungslehre, zweite Auflage von Th. Schirmer*, tom. I, p. 51 ssq.

(3) L. 8, C. vii, 39.

Bibliothèque impériale [cachet]

Extrait de la *Nouvelle Revue historique de Droit français et étranger*.

www.ingramcontent.com/pod-product-compliance
Ingram Content Group UK Ltd.
Pitfield, Milton Keynes, MK11 3LW, UK
UKHW020047100726

13658UKWH00004B/1598